Sibylle Biermann-Rau

Pfarrerin mit Frau – Eine (un)mögliche Geschichte

Sibylle Biermann-Rau

Pfarrerin mit Frau –
Eine (un)mögliche Geschichte

wichern

Sibylle Biermann-Rau, geboren 1955, hat Theologie in Tübingen studiert. Nach dem Vikariat (in Tübingen-Hagelloch) arbeitete die württembergische Pfarrerin seit 1987 in verschiedenen Kirchengemeinden (Waldenbuch, Apolda in Thüringen, Tübingen-Lustnau/Bebenhausen und Albstadt-Ebingen), zuletzt als Referentin beim Dekan in Reutlingen, und lebt nun im Ruhestand wieder in Tübingen.

Die Autorin hat bisher zwei Bücher publiziert, die sich mit der Judenverfolgung in der Zeit des Nationalsozialismus beschäftigen: „An Luthers Geburtstag brannten die Synagogen – eine Anfrage" (2. Aufl. 2014) und „Elisabeth Schmitz – Wie sich die Protestantin für Juden einsetzte, als ihre Kirche schwieg" (2017).

Zitate sind kursiv gesetzt.

Umschlag: FRUEHBEETGRAFIK, Thomas Puschmann, Leipzig
Fotos Cover, S. 4: privat
Satz und Layout: NagelSatz Reutlingen
Druck und Verarbeitung: Elbe Druckerei Wittenberg GmbH
ISBN 978-3-88981-472-2

Inhalt

Vorwort

Eine (un)mögliche Geschichte –
Die Geschichte einer lesbischen Pfarrerin in Württemberg.

Seit gut einem Vierteljahrhundert lebe ich in einer gleichgeschlechtlichen Partnerschaft und noch länger, seit meiner Ordination 1987, bin ich Pfarrerin der württembergischen Landeskirche.

Meine private Geschichte ist für mich eng verflochten mit den kirchenpolitischen Umständen.

So erzähle ich aus meiner Perspektive auch von dem „Klima“ für gleichgeschlechtlich liebende Menschen und der Debatte um Homosexualität, Segnung, frauenliebende Pfarrerinnen und männerliebende Pfarrer, wie sie vor allem in den vergangenen 25 Jahren in der evangelischen Kirche und speziell in Württemberg geführt worden ist.

Darüber hinaus kommen aber auch Stimmen und Geschichten anderer zu Gehör und es sind thematische Impulse integriert, sodass das Buch über das Autobiografische hinausgeht.

Die positiven Veränderungen, die es im vergangenen Vierteljahrhundert für homosexuelle Menschen in Deutschland gegeben hat, sollten nicht darüber hinwegtäuschen, dass die Akzeptanz sexueller Vielfalt bei weitem noch nicht selbstverständlich ist und auch in unserer Gesellschaft noch auf dünnem Boden steht. Gleichgeschlechtlich liebende Menschen erleben nicht nur ein akzeptierendes Miteinander, sondern auch ein geduldetes Nebeneinander, eine feindselige Homophobie bis hin zu Gewalttätigkeiten. Dass es heute kein Problem mehr sei, als homosexueller Mensch in unserem Land zu leben, wie manchmal zu hören ist, stimmt so nicht. *Und bis heute ist die Lebensrealität schwuler und lesbischer Menschen in Deutschland komplexer, als unsere Vorstellung von Liberalisierung vermuten lässt* – so heißt es im Umschlagtext des

2021 erschienenen Buches von Benno Gammerl „anders fühlen – Schwules und lesbisches Leben in der Bundesrepublik. Eine Emotionsgeschichte".

Pfarrerin mit Frau?

Das ist nicht nur eine Spannung, sondern das war zunächst eine „unmögliche Möglichkeit" in unserer Landeskirche.

Nicht vorgesehen von mir: Auch ich gehörte zu denen, die sich während des Theologiestudiums und danach noch gar nicht ihrer eigenen Homosexualität bewusst waren. Ich habe dieses „Thema" lange selbst tabuisiert.

Nicht vorgesehen aber auch von meiner Kirche: Eine Kollegin formuliert es 2019 im Rückblick so: *Wir machten nicht nur Probleme wie andere, wir waren ein Problem. Allein durch unser Sein, durch unser So-Sein waren wir das […] Man konnte nur in Hinterzimmern, nur im Flüstermodus, nur hinter vorgehaltener Hand über solche wie mich/uns verhandeln – und es war zwischen den Zeilen (manchmal auch ganz ausdrücklich) klar, dass wir der Kirchenleitung und den Gemeinden mit unserer schieren Existenz ungeheuer viel zumuteten, weil wir offensichtlich viele anständige Gemeindeglieder verunsicherten, den Stand der Ehe angriffen und unschuldige Gemüter mit Fragen behelligten, die mindestens etwas Schmuddeliges an sich hatten. Außerdem raubten wir allen viel Zeit und Energie, weil sie sich mit uns, der eigentlich unmöglichen Möglichkeit, auseinandersetzen mussten, statt sich mit den wirklich wichtigen Fragen für die Kirche beschäftigen zu können.*

Bis weit nach der Jahrtausendwende nahmen wir gleichgeschlechtlich liebenden PfarrerInnen uns wahr als grundsätzlich unerwünscht in unserer Kirche. Das hat uns schon zugesetzt, und das haben wir über viele Jahre mehr oder weniger verinnerlicht.

Mit dem Schreiben habe ich nicht nur für mich meine Geschichte als lesbische Pfarrerin in Württemberg aufgearbeitet.

Ausdrücklich werden wir in der Erklärung der Evangelischen Kirche Berlin-Brandenburg-schlesische Oberlausitz von 2021 (siehe Nachwort, S. 143 ff.) dazu aufgerufen, *die noch nicht erzählten Erfahrungen und Lebensgeschichten zu Gehör zu bringen und im Gedächtnis zu halten.* So wird das Buch, hoffe ich, interessierte Leserinnen und Leser finden.

Ich denke an die vielen anders liebenden Menschen in unseren christlichen Kirchen.

Aber ich habe insbesondere auch die große Gruppe von Menschen im Blick, die gleichgeschlechtlich Liebende zwar schon wohlwollend sehen (wollen), die aber doch mit der homosexuellen Lebensform „fremdeln", weil sie keine näheren persönlichen Kontakte haben, oder die bei diesem Thema verunsichert sind, weil sie vieles nicht wissen.

Natürlich wünsche ich mir auch, dass dieses Buch manchen Menschen, die uns immer noch mit Unverständnis und Vorurteilen gegenübertreten und gleichgeschlechtlichen Paaren den Segen vorenthalten wollen, eine Tür öffnen kann.

Vielleicht kann das Buch auch ein Beitrag sein zu der in der katholischen Kirche aufgebrochenen aktuellen Debatte.

Ein großer Dank geht an all diejenigen heterosexuellen Menschen, die uns ihre Solidarität gezeigt, die ihre Zeit und Kraft eingesetzt haben, um mit uns etwas zu bewegen.

Denjenigen Menschen in der Kirchenleitung und in „meinen" Kirchengemeinden, die meiner Lebensform mit Verständnis begegnet sind, bin ich persönlich dankbar.

Ausdrücklich danken möchte ich auch dem Wichern-Verlag in Berlin für die Unterstützung des Buchprojekts.

Widmen möchte ich dieses Buch all denen, die uns begleitet und die mich zum Schreiben ermutigt haben, den FreundInnen und unseren Familien, „last, not least“ meiner Lebensgefährtin, die mit mir schon über ein Vierteljahrhundert den Weg durch Täler und über Gipfel gemeinsam gegangen ist und der das Buch nicht nur den Titel verdankt!

Tübingen, im Frühjahr 2023 *Sibylle Biermann-Rau*

1991–1995: „Vertraut den neuen Wegen" – Vom Aufbrechen in ein fremdes Land

Und siehe, es ist eine Frau!

Es war 1995 kurz vor meinem 40. Geburtstag, als wir uns unsere Liebe gestanden. Natürlich gab es ein Vorspiel oder eigentlich zwei:

Das allgemeine und das persönliche Vorspiel

Es fing damit an, dass ich im Sommer 1991 nach Thüringen umgezogen bin. Kurz nach Mauerfall und Wende war unter württembergischen Pfarrerinnen und Pfarrern dafür geworben worden, für etwa fünf Jahre in der langjährigen Partnerkirche von Württemberg zu arbeiten. Dass das unter den dortigen finanziellen Konditionen geschehen sollte, hat manches Erstaunen bei Württemberger KollegInnen ausgelöst – und in Thüringen wurde ich mal halb im Spaß, aber doch auch halb im Ernst gefragt, was ich denn in Württemberg „ausgefressen" hätte.

Für mich aber sprachen viele Gründe dafür:

Nach meinem Pfarrvikariat in Waldenbuch stand jetzt sowieso ein Wechsel auf eine reguläre Pfarrstelle an – und da die zweite ständige Pfarrstelle in Waldenbuch seinerzeit noch nicht eingerichtet war, konnte ich dort nicht bleiben. Das sei sehr bedauerlich, meinte mein Kollege in seiner öffentlichen Abschiedsrede, nur für eine hätte es sein Gutes, für mich *als Theologin, als Lernende, als Frau"* – beinahe etwas „prophetisch".

Seit drei Jahren geschieden und ungebunden war ich nun frei in der Ortswahl. So sah ich dieses Thüringer Angebot als Chance, einmal aus der württembergischen Landeskirche herauszukommen – was ansonsten noch kaum möglich war.

Und nicht zuletzt: Seit meinem ersten DDR-Besuch im Mai 1987 hatte ich intensiven Kontakt zu einer Kollegin in Thüringen.

Mich interessierte auch die dortige Kirche, in der jahrzehntelang unter ganz anderen Bedingungen gearbeitet und gelebt werden musste als bei uns im Westen. Diese andere Kirche (noch) kennenzulernen und die Folgen der historischen Wende von 1989 in den sogenannten Neuen Bundesländern zu erleben und an einer Stelle mitgestalten zu können, war für mich eine spannende Herausforderung und einmalige Gelegenheit.

Aber womöglich gab es auch noch einen tieferen Grund, der mir damals nicht bewusst war, nämlich, „fern der Heimat" in der Fremde mehr zu mir zu finden. Selbsterfahrung in der Fremde, das ist ja ein klassisches Motiv.

Gerne wäre ich nach Weimar oder Jena gegangen. Aber der thüringische Bischof hatte beim InteressentInnengespräch im September 1990 in Stuttgart verständlicherweise nur Pfarrstellen anzubieten, auf die sich seit Jahren keine ThüringerInnen mehr beworben hatten, z.B. in der Industrie-Kleinstadt Apolda. Von ihr hatte ich bis dahin nie gehört, aber sie lag immerhin ganz in der Nähe von Weimar und Jena. Als ich dann im Wiedervereinigungsmonat Oktober von meinem ersten Berlinbesuch kommend einen Abstecher nach Apolda machte, bekam ich einen durchaus positiven Eindruck. Die Stadt war in mildes Herbstlicht getaucht. Obwohl es gegen Abend war, standen die Türen der Lutherkirche zufällig offen – ein großer neugotischer Bau für tausend Menschen, eindrucksvoll auch in seinem renovierungsbedürftigen Zustand. Und Apolda erinnerte mich irgendwie an meine Geburtsstadt Geislingen/Steige. So angerührt begünstigte das die Entscheidung, dorthin zu gehen. Apolda sollte sich dann als der richtige Ort herausstellen.

Und der materielle Verlust wurde mehr als ausgeglichen durch den Reichtum an neuen Erfahrungen und Begegnungen in den kommenden sieben Jahren, darunter eben auch die besondere Begegnung mit der Kirchenmusikerin aus Apoldas württembergischer Partnergemeinde Albstadt. So war am Ende meine Antwort auf die mir häufig gestellte Frage, ob es nun sieben „fette" oder „magere" Jahre gewesen seien, eindeutig.

„Vertraut den neuen Wegen" – das ist mein Lied in diesen Jahren geworden. Kurz vor meinem Umzug nach Apolda, auf dem Evangelischen Kirchentag in Dortmund 1991, lernte ich das Lied und seinen Dichter, den Jenaer Theologen Klaus-Peter Hertzsch, kennen. Eigentlich hatte er dieses Lied für die Hochzeit seines Patenkindes im August 1989 in Eisenach geschrieben. Aber in diesen dramatischen letzten Wochen der DDR vor dem Mauerfall verbreitete es sich schnell und wurde bald auf die Wende hin gedeutet. Inzwischen ist es im Evangelischen Gesangbuch unter der Nr. 395 zu finden.

„Vertraut den neuen Wegen" ... das konnte ich natürlich persönlich auf meinen Neuanfang in Apolda beziehen ... Aber im Nachhinein sollte es für mich auch noch zum „Hochzeitslied" werden, denn auch im Hinblick auf meine dort beginnende Partnerschaft zu einer Frau traf es zu: „Vertraut den neuen Wegen."

1. Vertraut den neuen Wegen, auf die der Herr uns weist,
   weil Leben heißt: sich regen, weil Leben wandern heißt.
   Seit leuchtend Gottes Bogen am hohen Himmel stand,
   sind Menschen ausgezogen in das gelobte Land.

2. Vertraut den neuen Wegen und wandert in die Zeit!
   Gott will, dass ihr ein Segen für seine Erde seid.
   Der uns in frühen Zeiten das Leben eingehaucht,
   der wird uns dahin leiten, wo er uns will und braucht.

3. Vertraut den neuen Wegen, auf die uns Gott gesandt!
   Er selbst kommt uns entgegen. Die Zukunft ist sein Land.
   Wer aufbricht, der kann hoffen in Zeit und Ewigkeit.
   Die Tore stehen offen. Das Land ist hell und weit.[1]

Und nun vom allgemeinen zum persönlichen Vorspiel:

Mein erster Tag in Apolda wurde begleitet von den aufregenden Nachrichten über den Putschversuch in Moskau am 20. August 1991. Bis am Tag darauf die befreiende Nachricht vom Scheitern des Putsches kam, waren Sorge und Anspannung groß bei allen und bei mir, dass das auch in Deutschland etwas „zurückdrehen" könnte – noch waren eine halbe Million sowjetischer Soldaten auf dem Gebiet der ehemaligen DDR stationiert.

Aber sieben Wochen später konnte dann auch in Apolda der erste Jahrestag der deutschen Wiedervereinigung gefeiert werden mit Konzert und Gottesdienst in der Lutherkirche.

Aus diesem Anlass kam Anfang Oktober ein ganzer Bus mit ChorsängerInnen und InstrumentalistInnen aus der württembergischen Partnergemeinde Albstadt zu Besuch und zum gemeinsamen Singen unter der Leitung der Albstädter Kirchenmusikerin. Ich hielt mich bei dieser Partner-Begegnung eher zurück, zumal ich gerade meine ganze Energie brauchte, um mich in der neuen Umgebung zurechtzufinden und in Apolda „anzukommen". Beim Abschlussgottesdienst in der Lutherkirche aber wirkte ich als Liturgin mit. Zum ersten Mal erlebte ich da auch B, die Kantorin aus Albstadt-Ebingen, die mit beeindruckender Dynamik auf der Empore dirigierte. Von ihr hatte ich schon viel gehört, nicht zuletzt von meinem Vater, der sie als Kirchenmusik-Kollegin sehr schätzte.

Erst nach dem gemeinsamen Gottesdienst begegneten wir uns von Angesicht zu Angesicht im Portal der Lutherkirche, standen direkt unter der Lutherbüste. Ein kurzes „Grüß Gott" zwischen uns, mehr war es nicht.

Es sollte noch dreieinhalb Jahre (!) dauern …

Aber alle Jahre wieder, immer im Juni, trafen wir uns bei einem offiziellen Anlass:

Sei es 1992 nur geschwind bei einem Konzert, das B im Apoldaer Schloss gab, zusammen mit ihrer „Jungen Kantorei" und ihrem damals 18-jährigen Sohn als Klavierbegleiter.

Oder 1993, als die Apoldaer nach Albstadt zum gemeinsamen Festgottesdienst anlässlich des dortigen Stadtjubiläums fuhren und die „Partnerschaftsbeauftragten" mich (!) zufällig zur Kantorin ins Quartier einteilten. Tatsächlich unterhielten wir uns gut, auch etwas persönlich, zumindest wurde klar, dass wir beide geschieden waren. *Schön, dass Sie bei mir geschlafen haben*, verabschiedete sich B von mir am Bus – ja, wir haben das ganze

Wochenende am „Sie" festgehalten. Von da an spürte ich eine Anziehung.

Aber erst im darauffolgenden Sommer 1994 sahen wir uns das nächste Mal, als der Chor aus Albstadt-Ebingen zum 100-jährigen Jubiläum der Lutherkirche anreiste – wie schön doch diese Jubiläums-Anlässe waren! Dieses Mal war ich die Quartiergeberin, wir boten uns endlich das „Du" an und B lud mich ein, sie doch im Herbst mal zu besuchen. Ich war fest entschlossen, das zu tun und nicht bis zum eventuell nächsten Partnerschaftstreffen im darauffolgenden Sommer zu warten. Nachdem der Albstädter Bus wieder abgefahren war, fiel mein Blick auf einen vergessenen Koffer vor dem Portal der Lutherkirche – er gehörte B. Während ein Apoldaer Gemeindekirchenrat im Auto davonbrauste, bis er den Bus auf der Autobahn hinter Weimar stoppen konnte, sinnierte ich darüber nach, ob das nicht ein Zeichen sei.

Seit der Trennung von meinem Mann 1986 hatte ich den Wunsch nach einer neuen Beziehung. Ich wollte nicht auf Dauer alleine leben, hatte freundschaftliche Kontakte zu Männern und Frauen, hoffte auf eine festere Beziehung zu einem Mann, während ich gleichzeitig auch starke Emotionen in Frauenfreundschaften spürte. Bis dahin war Homosexualität für mich ein ziemliches Tabu gewesen. Ich hatte keine persönlichen näheren Kontakte zu homosexuellen Menschen und mich nicht näher mit dem Thema befasst. Auch jetzt wagte ich eine intime Beziehung zu Frauen kaum zu denken, und wenn, dann dachte ich es mir zurecht als „Übergangslösung" bis zu einer neuen Männerbeziehung – ganz im Sinne von C.G. Jung und den Jungianern, so wie ich es damals verstanden habe: Jeder Mensch habe homophile Tendenzen, die vor allem in der Pubertät und in Krisenzeiten hervortreten könnten und normal seien. Sie seien nichts Krankhaftes, aber etwas Regressives, das nicht verurteilt, sondern zugelassen und auch vorübergehend gelebt werden solle. Immerhin wurde hier Homosexualität nicht als Krankheit gesehen. Weil ich nicht lesbisch oder bisexuell sein wollte, es aber wohl war, führte das schließlich dazu, dass ich neun Jahre lang, im Alter zwischen 31 und 40 Jahren, „zölibatär wider Willen“ lebte. Ich war blockiert bei aller Sehnsucht, interessierte mich weiterhin für Männer und war ergriffen von Frauen, ohne dass eine intime Beziehung zustande kam.

Natürlich schielte ich in diesen Jahren immer wieder nach entsprechender Literatur. 1987 schon war ein Buch über lesbische Frauen in der Kirche erschienen, herausgegeben von Monika Barz, Herta Leistner und Ute Wild: „Hättest du gedacht, dass wir so viele sind?“. (Die 2. überarbeitete Auflage erschien 1993 unter dem Titel „Lesbische Frauen in der Kirche“.) Dieses Buch war im Zusammenhang mit den seit 1985 jährlich stattfindenden Lesbentagungen in der Evangelischen Akademie in Bad Boll entstanden, für die die Autorinnen verantwortlich waren. Beides war wie eine Initialzündung für die lesbischen Frauen in der Kirche in Deutschland und darüber hinaus. Viele von ihnen haben es als Zerreißprobe empfunden, „kirchlich-christlich“ und „lesbisch“ zu vereinbaren. Nun erkannten sie, dass sie nicht alleine waren und sich zumindest im geschützten Raum auch zeigen konnten. *Euer Schweigen wird euch auch nicht schützen*, wird Audre Lorde, die afrikanisch-amerikanische lesbische Dichterin, in der Einleitung des Buches zitiert.[2]

Die Frauen, die darin von sich erzählen, bleiben allerdings anonym, denn die Angst war noch groß, wegen ihrer Lebensführung aus dem kirchlichen Dienst entlassen zu werden. Doch Probleme bekamen seinerzeit vor allem schwule Männer als kirchliche Mitarbeitende – die lesbische Liebe fand zunächst weniger Beachtung. *Die Nichtbeachtung ist einerseits – oberflächlich gesehen – Schutz [...] Andererseits ist es aber auch eine Diskriminierung. [...] Bezeichnend war und ist, dass lesbische Frauen in den Kirchen selbst das Schweigen wahren und die Diskussionen, die Aktionen und die Öffentlichkeit den Schwestern in der autonomen Frauenbewegung überlassen.*[3]

Schon die Bezeichnung „lesbisch“ fiel vielen schwer, auch mir für lange Zeit – außerdem meinten viele: *Dass ich eine Frau liebe, geht niemanden etwas an.* Aber die Frage nach der Beendigung von Diskriminierung und der Anerkennung einer gesellschaftlichen Minderheit ist eben auch eine politische. Dabei kommt der lesbischen Lebensform im Unterschied zur schwulen noch eine besondere gesellschaftspolitische Brisanz zu: *Als Frau Frauen zu lieben, sie zum Orientierungspunkt zu machen, ist eine Lebensform, die die Grundfeste des Patriarchats – nämlich die selbstverständliche Orientierung an Männern – in Frage stellt.*[4]

Insofern ist bei aller Gemeinsamkeit auch eine Differenzierung zwischen lesbischer und schwuler Liebe angebracht.

Irgendwann traute ich mich endlich (Internet-Handel gab es ja noch nicht), das Buch zu kaufen und dann habe ich es verschlungen. Diese Erzählungen von lesbischen Kirchenfrauen und von vielen frauenliebenden Frauen in der Geschichte bis hin zur Heiligen Hildegard von Bingen, die einer Mitschwester in inniger Liebe zugeneigt war, waren für mich eine kleine „Offenbarung". Hier wurden Freundschaftsgefühle und Liebesbeziehungen zwischen Frauen ausgesprochen, und das bot hilfreiche Identifikationsmöglichkeiten. Aber es war auch von ihrem Leidensdruck die Rede bis hin zur Verfolgung als Hexen. *Die brennenden Scheiterhaufen des 16. und 17. Jahrhunderts haben die Lektion, „es sei besser zu heiraten als zu brennen" tief in das kollektive Unbewußte von Frauen eingegraben.*[5]

Als mir eine Freundin, ebenfalls Pfarrerin, von ihren Frauenbeziehungen erzählte, aber betonte, nicht lesbisch zu sein, sondern eigentlich auf der Suche nach einem Mann und Kindern, fand ich das natürlich aufregend.

Ansonsten machte ich aber weiter einen Bogen um das Thema und um das Lesbenzentrum in Weimar, das ich schon bei meinem ersten Bummel durch die Stadt entdeckt hatte. Selbst beim Kirchentag mied ich das entsprechende Zentrum – es könnte mich ja jemand aus der Gemeinde sehen.

Auch wenn das aus heutiger Sicht seltsam erscheint, so war es eben Anfang der 90er Jahre noch eine ganz andere Situation: Nicht nur in den Kirchen wurde Homosexualität ziemlich einhellig als Sünde abgewehrt. Auch die Bewertung als „krankhaft" und „strafwürdig" waren in Kirche und Gesellschaft der alten BRD weit verbreitet gewesen und hatten sich tief eingebrannt bei homosexuellen Menschen. Und dann wurde noch die HIV-Epidemie seit den 80er Jahren, in der ein besonders hoher Anteil homosexueller Männer an Aids erkrankte und starb, zum Anlass genommen, wieder verstärkt gegen diese sexuelle Orientierung zu Felde zu ziehen.

Erst 1993 trat der Beschluss der Weltgesundheitsorganisation WHO vom 17. Mai 1990 in Kraft, Homosexualität von der Liste der Krankheiten zu streichen.

Und erst im Jahr 1994 wurde der sogenannte Schwulenparagraph §175 endgültig aus dem deutschen Strafgesetzbuch gestrichen, nachdem es in der BRD seit der Reform von 1969 zwar Straffreiheit für einvernehmliche homosexuelle Handlungen unter Männern gab, aber immer noch wesentlich strengere „Schutzaltersgrenzen" als für heterosexuelle Begegnungen galten.

Exkurs zum § 175: Während im Zuge der Aufklärung die strafrechtliche Ahndung einvernehmlicher gleichgeschlechtlicher Handlungen fraglich geworden und in manchen deutschen Landen bereits abgeschafft worden war, drängte bei der Reichsgründung 1871 Preußen auf die Übernahme seiner restriktiven Bestimmungen. Somit war der §175 festgeschrieben. In der Weimarer Zeit konnte die Vorlage zur Straffreiheit der Homosexualität nicht mehr verabschiedet werden, in der Nazizeit wurde der §175 dann verschärft. Diese Fassung des „Dritten Reiches", die nicht nur beischlafähnliche Handlungen, sondern jede Art von „Unzucht" unter homosexuellen Männern verbot, hat die BRD nach 1945 so (!) übernommen. Mindestens 50 000 Urteile, darunter viele Haftstrafen, wurden bis zur Reform von 1969 verhängt. Die DDR übernahm §175 der Weimarer Fassung bis 1968, aber seit 1957 gab es keine Strafverfolgung mehr. Bis 1988 galten aber auch dort strengere Schutzaltersgrenzen für Schwule und Lesben als für Heterosexuelle. Und die soziale Diskriminierung ist auch in der DDR groß gewesen.[6] Der einzige DEFA-Film über Homosexualität „Coming Out" kam am 9.11.1989 in die Kinos, am Abend des Mauerfalls.

Die Rehabilitierung der von den Nazis verurteilten Männer erfolgte in Deutschland erst 2002 – nicht als individuelle Entschädigung, sondern mit der Gründung der „Bundesstiftung Magnus Hirschfeld". Die Rehabilitierung der nach 1945 wegen einvernehmlicher homosexueller Handlungen verurteilten Personen wurde erst 2017 Gesetz.[7] Die Strafandrohung bis Ende der

60er Jahre führte bei Schwulen zu einem besonderen Vorsichtsverhalten: *Auf Begegnungen in der eigenen Wohnung, auf Verabredungen, auf mehrmaliges Wiedersehen und nach Möglichkeit überhaupt auf feste, deshalb eben auffällige Beziehungen verzichtete am besten ganz, wer auf Nummer Sicher gehen wollte.*[8] Daraus folgte dann der Vorwurf bzw. das pauschale Vorurteil, schwule Männer seien nur auf flüchtige und wechselnde Sexualkontakte aus – ein Zirkel!

Diese genitalfixierte Betrachtung von Homosexualität blendete natürlich die anderen Aspekte einer Liebe zwischen Menschen gleichen Geschlechts völlig aus. Die soziale Ächtung der sogenannten „175er" hat Tragödien ausgelöst, viele Lebensmöglichkeiten zerstört und nicht wenige in den Suizid getrieben. Auch wenn vor allem schwule Männer „am Pranger" standen, während lesbische Frauen weitgehend unbeachtet blieben, ließen die Urteile und Vorurteile gegenüber Homosexuellen diese nicht unberührt. Soweit zum gesellschaftlichen Klima für gleichgeschlechtlich Liebende.

Im November dieses Jahres 1994 besuchte ich B dann zum ersten Mal privat in Albstadt-Ebingen. Als sie mich einlud, betonte sie, sie baue gerade nach dem Auszug ihres Sohnes ihr Häuschen um, um sich auf das Alleinleben einzurichten und sich allein dort wohlzufühlen. Das müsse ich mir mal ansehen. Obwohl der Besuch nur von Sonntagmittag bis Montagfrüh dauerte und wir auch noch in einem Kirchenkonzert waren, erzählten wir uns stundenlang bei etlichen Gläschen Wein aus unserem Leben – auch unsere Männergeschichten. Das war ja so schön unverdächtig, aber brachte uns natürlich nicht gerade weiter.

Immerhin verabredeten wir uns wenig später zu einer gemeinsamen Toscana-Urlaubswoche in den nächsten Osterferien. Obwohl ich voller Vorfreude darauf war, meinte ich doch zugleich noch eine Anzeige für das Deutsche Allgemeine Sonntagsblatt formulieren zu müssen, um eine Männerbekanntschaft zu suchen. Noch ein halbes Jahr bis zu meinem 40. Geburtstag wollte ich warten, dann die Anzeige aufgeben. Ich wollte nicht länger alleine leben.

Andererseits gelang es mir noch vor Ostern, monatlich B zu treffen: Beim SchülerInnenaustausch Apolda-Albstadt wohnte ich einige Tage bei ihr. Und zum ersten Mal – und von da an so gut wie immer – sang ich nun in ihrem Projektchor, dem Kammerchor Ebingen, mit. Denn als bei diesem Frühjahrsprojekt „Frauenlieder" auf dem Programm standen, konnte ich einfach nicht widerstehen und nahm für das Proben- wie für das Konzertwochenende die damals noch achtstündige Zugfahrt auf mich. Angeblich habe ich später nie mehr so aufmerksam zur Chorleiterin geschaut wie bei diesem Projekt, insbesondere bei den Liedern von Fanny Hensel-Mendelssohn.

Beim Lied „Schöne Fremde" trafen sich unsere Blicke, die romantische Vertonung der Worte Joseph von Eichendorffs rührte uns an:

> … Was sprichst du wirr wie in Träumen
> zu mir, phantastische Nacht?
>
> Es funkeln mir zu alle Sterne
> mit glühendem Liebesblick,
> es redet trunken die Ferne
> von künftigem, großem Glück![9]

Das Ereignis in Italien

Endlich Ostersonntag 1995! Nach den Festgottesdiensten in Apolda und Albstadt brachen wir auf in Richtung Italien.

Es fiel uns schwer, einzugestehen, kaum vor uns selbst und schon gar nicht der anderen gegenüber, dass wir „Schmetterlinge im Bauch" hatten.

Natürlich befürchteten wir, bei der anderen auf Unverständnis zu stoßen und ein Ende der Freundschaft zu riskieren, aber auch, unser Leben könnte ins Schleudern geraten, zumal wir beide im kirchlichen Dienst waren. So lauerten wir auf Äußerungen und Zeichen der anderen und versuchten zugleich, die eigenen Gefühle zu verbergen und zu überspielen. Bis es einfach nicht mehr länger möglich war, ohne nur noch schlaflose Nächte zu verbringen und allmählich verrückt zu werden. Erst dann wagten wir es. Beim ersten Kuss wähnten wir uns natürlich unbeobachtet, aber da funkelten nicht nur die Sterne, sondern neben uns auch noch zwei Katzenaugen.

In dieser nachösterlichen Frühlingswoche in der Toscana hat uns das „Ostergedicht" von Marie Luise Kaschnitz mit dem Titel „Auferstehung" begleitet:

Manchmal stehen wir auf
Stehen wir zur Auferstehung auf
Mitten am Tage
Mit unserem lebendigen Haar
Mit unserer atmenden Haut.

Nur das Gewohnte ist um uns.
Keine Fata Morgana von Palmen
Mit weidenden Löwen
Und sanften Wölfen.

Die Weckuhren hören nicht auf zu ticken
Ihre Leuchtzeiger löschen nicht aus.

Und dennoch leicht
Und dennoch unverwundbar
Geordnet in geheimnisvoller Ordnung
Vorweggenommen in ein Haus aus Licht.[10]

Ich spürte und war überzeugt, diese Liebe war ein Aufbruch – und ein Gottesgeschenk. Aber das Glück war vor allem bei mir gepaart mit der Angst vor dem Absturz. Wie sollte das weitergehen mit mir als Pfarrerin? Wenn ich an die Konsequenzen und die zu erwartenden Diskriminierungen und Schwierigkeiten dachte, hoffte ich selbst zu diesem Zeitpunkt manchmal noch, „es" möge wieder vorübergehen. Als wir uns ein paar Wochen später im Mai im Thüringer Wald trafen, um dort den Sonntagabend und unseren freien Montag zu verbringen, war ich schon gespannt. Ob es vielleicht doch nur ein schöner Urlaubsflirt gewesen ist? Es ging natürlich weiter.

Kurz danach, Anfang Juni, feierte ich meinen 40. Geburtstag mit einem großen Fest bei mir in Apolda, in der Kutscheneinfahrt und im Hof dieses Stadthauses aus der Jahrhundertwende. Unter den rund 40 Gästen, vielen FreundInnen, KollegInnen aus West und Ost und den Geschwisterfamilien, war natürlich auch B. Wie wir zueinander standen, wusste niemand außer einer Freundin, die selbst schon Frauenbeziehungen hatte. B war eben die „jüngste" Freundin, die Kantorin aus der Partnergemeinde. Als B zusammen mit meiner Schwester und begleitet von meinem Bruder am Klavier im Treppenhaus alte Filmschlager sang wie „Ich bin von Kopf bis Fuß auf Liebe eingestellt", war ich schon etwas überrascht. Angeblich hätte mein Bruder „in aller Unschuld" diese Noten eingepackt, und die beiden Sängerinnen hätten sich spontan darauf eingelassen, wenn sie auch – wie sie mir später gestanden – aus unterschiedlichen Motiven etwas verunsichert waren, ob das so passte.

Und dann begannen drei Jahre Fernbeziehung über mehr als 500 Kilometer. Zum Glück hatte ich da schon eine eigene Telefonleitung und musste diese nicht mehr mit dem Kollegen in der Wohnung darunter teilen – ein Handy war völlig exotisch. Trotz beinahe täglicher Telefonate wanderten ständig Briefe hin und her. Wir schafften es, die Pausen zwischen unseren Treffen nicht länger als drei Wochen dauern zu lassen. Dabei besuchten wir uns nicht nur in Apolda oder Albstadt, sondern setzten uns auch mal nach den Gottesdiensten am Sonntagmittag in den Zug, um uns in der Mitte, meist in Frankfurt, zu treffen und bis Montag, dem „Sonntag" für PfarrerInnen und KirchenmusikerInnen, zu bleiben – das traf sich gut. Natürlich gab es in den folgenden Jahren auffallend (?) viele partnerschaftliche Begegnungen zwischen Apolda und Albstadt, vom SchülerInnenaustausch bis hin zu Chorfahrten, die B und ich besonders gerne organisierten. Jedenfalls blühte die Partnerschaft zwischen den beiden Kirchengemeinden in West und Ost und – unerkannt oder nicht? – wir in ihr.

Was wir in der ersten Zeit unserer Liebe erlebten, lässt sich am besten poetisch ausdrücken. So verschlangen wir Liebesgedichte

– und nie zuvor und danach haben wir selbst so viele Gedichte geschrieben.

Erich Fried: Was es ist

Es ist Unsinn
sagt die Vernunft
Es ist was es ist
sagt die Liebe

Es ist Unglück
sagt die Berechnung
Es ist nichts als Schmerz
sagt die Angst
Es ist aussichtslos
sagt die Einsicht
Es ist was es ist
sagt die Liebe

Es ist lächerlich
sagt der Stolz
Es ist leichtsinnig
sagt die Vorsicht
Es ist unmöglich
sagt die Erfahrung
Es ist was es ist
sagt die Liebe[11]

So sehr wir die weite Entfernung bedauerten und der Abschied jedes Mal hart war, so half uns diese Situation andererseits, unsere Beziehung lange heimlich zu leben, zu verstecken. Das erschien uns leider in diesen Jahren notwendig. Schließlich wollte ich einige Jahre später wieder zurück nach Württemberg auf eine Pfarrstelle. Ich hatte Sorge, dass das schwierig werden würde, womöglich meine berufliche Zukunft auf dem Spiel stünde, sollte vorher bekannt werden, dass ich in einer Frauenbeziehung lebe.

So erzählten wir das nach und nach nur Einzelnen aus der Familie und aus dem Freundeskreis, unter dem absoluten Siegel der Verschwiegenheit.

Jedes Outing war ein Kraftakt, vorher genau überlegt und durchgespielt: Wem sage ich wann was und wie? Wie werden die anderen reagieren, werden sie womöglich auf Distanz gehen? Dabei sollte es bei aller Unsicherheit über die Reaktion des Gegenübers ja eigentlich ein freudiges Bekenntnis sein und nicht wie ein Schuldbekenntnis wirken. Doch wir haben viel Verständnis und Respekt – nicht nur Toleranz – und viel echte Mitfreude erfahren. Es hat meistens eher Nähe geschaffen als Distanz, auch wenn sich jetzt die eine oder andere Beziehung zu den „besten Freundinnen" verändert hat. Uns beiden war es auch wichtig, weiterhin im Kontakt zu unseren teils langjährigen heterosexuellen Freundinnen und Freunden zu bleiben.

Bei unseren Eltern traten wir immer wieder zu zweit auf, und die „enge" Freundin wurde in beiden Elternhäusern sehr gastfreundlich aufgenommen, wobei sich B und mein Vater ja schon Jahrzehnte von Kirchenmusiktreffen kannten. Erst nach fünf Jahren sprachen wir endlich bei einem Essen mit meiner Mutter auf einer gemeinsamen Dresdenfahrt Klartext. Sie hatte es sich sowieso schon gedacht und beneidete uns fast ein bisschen um so eine Frauenfreundschaft, betonte später immer wieder, wie gut wir miteinander „geschirren". Auch mein Vater, dem sie es dann erzählte, reagierte wohlwollend.

Württemberg war ansonsten (noch) weit weg für mich. So konnte ich frei atmen und unsere Beziehung hatte Zeit und Raum, sich ungestört zu entwickeln. Von der Klausurtagung der Württembergischen Evangelischen Landessynode 1994 zu „Verschiedene Lebensformen", womit zum ersten Mal auch das Thema „Homosexualität und Kirche" auf der Tagesordnung stand, habe ich nichts mitbekommen. In den ersten Wochen unserer Liebe aber fiel B ein Artikel über die daraus entstandene Stellungnahme vom März 1995 in die Hände. Diesen schickte sie mir mit dem Kommentar: *Bitte keinen Schock kriegen. Die können doch alle überhaupt nicht mitreden!*

1996–2003: „Hoffentlich merkt niemand, wie du l(i)ebst" – Von der Schere im Kopf und vom „Kreisle"

Zwischen Thüringen und Württemberg

Hoffentlich merkt niemand, wie du l(i)ebst!, eigentlich ein schlimmer lebensfeindlicher Satz, der aber über viele Jahre beherrschend für mich war.

Sicher war die Gemeinde in Apolda nicht pietistisch geprägt und bei meinen unmittelbaren Kollegen und Kolleginnen war eine zunehmende Offenheit dem Thema Homosexualität gegenüber spürbar. Es gab in dieser Zeit auch eine ermutigende Broschüre in der Thüringer Kirche zur gleichgeschlechtlichen Liebe, die zunächst für das Gespräch unter KollegInnen und in kirchlichen Werken bestimmt war. Bemerkenswert ist in diesem Zusammenhang, dass die evangelischen Kirchen in den Neuen Bundesländern noch eine andere Geschichte mit dem Thema „Homosexualität" hatten, haben doch Lesben und Schwule zur DDR-Zeit seit Anfang der 80er Jahre ihre Arbeitskreise und Selbsthilfegruppen unter dem Dach und relativen Schutz der evangelischen Kirche gegründet, da „gezielte Gruppenbildung" vom Staat verboten war.[12]

Als Herta Leistner für ihr Engagement um die Gleichberechtigung lesbischer Frauen in Kirche und Gesellschaft 1996 das Bundesverdienstkreuz erhielt – seinerzeit sehr umstritten –, gratulierte selbstverständlich der Thüringer Frauenkonvent, in dem sich 40 Theologinnen und kirchliche Mitarbeiterinnen trafen. Mir fiel es zu, die Gratulation zu schreiben, obwohl ich nicht geoutet war. Erst am Ende meiner Apoldaer Zeit tat ich das einer lesbischen Kollegin gegenüber. Die ersten fünf Jahre unserer Beziehung hatte ich ansonsten keinerlei Kontakt zu anderen lesbischen Frauen in der Kirche und war nicht vernetzt, sondern lebte und arbeitete völlig vereinzelt. Umso wichtiger waren mir die Frauen, die in dem Buch „Göttlich lesbisch – Facetten lesbischer Existenz in der Kirche“ ihre Stimme erhoben – darunter einige Pastorinnen – bezeichnenderweise alle aus Berlin oder den Neuen Bundesländern. Dieses von Monika Barz und Geertje-Froken Bolle herausgegebene Buch habe ich mir gleich nach Erscheinen 1997 auf dem Leipziger Kirchentag gekauft und vom ersten bis zum letzten Satz „durchgeackert“. Zehn Jahre nach dem Buch „Hättest du gedacht, dass wir so viele sind?“ begegneten mir hier 22 lesbische evangelische Kirchenfrauen, dieses Mal mit vollem Namen und viele inzwischen vernetzt: Es war eine Art Zwischenbilanz, in einer Zeit, die sich gesellschaftlich und kirchlich *auf dem Weg zwischen Diskriminierung und Anerkennung bewegt*, so Monika Barz.[13]

Und die weltweit erste lutherische Bischöfin Maria Jepsen aus Hamburg fand in ihrem Vorwort klare Worte: *Lesbisch lebende Frauen werden belächelt, bedauert oder auch offen als Sünderinnen verunglimpft und in bestimmten Ämtern nicht zugelassen. Es ist gut, daß Lesben in der Kirche dieses Problem zur Sprache gebracht haben, es offen benennen und nicht enttäuscht der Kirche den Rücken kehren, [...] Niemand hat das Recht, Menschen, die verantwortlich als Christinnen und Christen leben, wegen ihrer Lebensform und sexuellen Orientierung aus der Kirche zu „exkommunizieren“ oder zur (offiziellen) Enthaltsamkeit zu zwingen.*[14] In vielen Einzelbeiträgen zu Theorie und Praxis, eben den Facetten, gab das Buch „Einblick in Überlebensstrategien und Ideenreichtum lesbischer Frauen in der Kirche“ – so heißt es in der Einleitung. Das war eine große Ermutigung für mich.

Ich lebte in Thüringen verdeckt, sicher mehr als nötig, aber mir stand ja der Wechsel nach Württemberg bevor, den ich nicht gefährden wollte. Dort gab es unter dem starken pietistischen Einfluss weniger Offenheit meiner Lebensform gegenüber.

Doch in diesen Jahren waren ja auch in der gesamten EKD (Evangelische Kirche in Deutschland) die Fragen noch in der offenen Diskussion und nicht grundsätzlich entschieden, ob gleichgeschlechtlich liebende PfarrerInnen überhaupt ein Gemeindepfarramt übernehmen oder zusammen im Pfarrhaus leben könnten. Einzelne Landeskirchen gingen bei diesem Thema voran, aber die Württemberger Kirche gehörte zu den stärksten Bremsern.

Wie gelingt es in so einem Umfeld, eine Stelle zu finden, die nicht ganz weit entfernt von B in Albstadt ist, und mich trotzdem nicht zu „verraten"?

Da es noch einmal ein spezieller Vorgang war, die „Thüringer Württemberger" wieder zurück in die Landeskirche zu integrieren, hatte ich 1997 ein Gespräch mit der neuen Personalreferentin. Ich traf sie nicht im Büro auf dem Oberkirchenrat, sondern etwas unkonventionell bei einem Salat in einer Mittagspause der Sommersynode beim Hospitalhof in Stuttgart. Dass ich aus privaten Gründen eine Stelle nicht weiter als 50 Kilometer von Albstadt entfernt möchte, hat sie zum Glück nicht hinterfragt. Als sie mir das Coaching-Angebot empfahl, in dem sich Pfarrerinnen auf die Übernahme von Leitungsaufgaben vorbereiten konnten, war mir aber gleich klar, dass ich mir diesen Kurs mit meiner Lebensform sparen kann. An Leitungspositionen für Lesben und Schwule war in der württembergischen Kirche nicht zu denken, und bis heute scheiterten alle Versuche, obwohl da manche/r geeignet wäre. Eine lesbische Kollegin wurde einmal von einem Bischof angesprochen, ob sie sich nicht eine Bewerbung auf eine Dekanatsstelle vorstellen könne. Als er – erst danach – von ihrer Lebensform erfuhr, „war die Sach gschwätzt", sprich erledigt.

Doch diese Begegnung mit der Personalreferentin stärkte mir den Rücken und es war nicht zu unterschätzen, jemanden aus der progressiv-liberalen Gruppierung „Offene Kirche" auf dem Oberkirchenrat in dieser Position zu wissen – bis diese Personalreferentin ein Jahrzehnt später die erste Bischöfin der aus Thüringen und der Kirchenprovinz Sachsen neugebildeten Evangelischen Kirche Mitteldeutschlands wurde.

Nun kam der Stress des Bewerbungsverfahrens, das ich von Thüringen aus organisieren musste. Zunächst bewarb ich mich in einer Stadt unweit von Tübingen gemeinsam mit einer Kollegin auf eine 100%-Stelle. Ich konnte mir notfalls für ein paar Jahre auch eine 50%-Stelle vorstellen, um etwas mehr Zeit und Freiraum für unsere Beziehung und das Pendeln zu haben. Natürlich sprach ich diesen Grund nicht offen aus, gab meinen Familienstand als „geschieden" an und stellte mich als alleinlebend vor. Die Irritation, die das sowohl bei der Mitbewerberin als auch beim Besetzungsgremium auslöste, gipfelte in der unverschämten Frage eines Kollegen: *Wollen Sie die andere Zeit im Liegestuhl auf dem Balkon verbringen?* Hätte ich Familie gehabt, eine Fernbeziehung zu einem Mann oder eine Promotion nennen können, wäre wohl niemand auf so eine Frage gekommen. So war ich eher froh, als die Absage kam, und bewarb mich stattdessen erfolgreich auf die volle Stelle in Lustnau und Bebenhausen, zwei Stadtteilen am Rand von Tübingen – der Stadt, die ich knapp zwölf Jahre zuvor nach meinem Vikariat in Tübingen-Hagelloch und nach der Trennung von meinem Mann nur ungern verlassen hatte. Nun war die Klippe Wechsel nach Württemberg also geschafft. Und da die räumliche Distanz zwischen B und mir auf 50 Kilometer geschrumpft war – immerhin auf ein Zehntel der bisherigen –, konnten wir uns am Wochenende treffen und oft noch einmal unter der Woche.

Aber wir fühlten uns nicht frei und waren in der Öffentlichkeit immer auf der Hut. Selbst beim Urlaub im fernen Norwegen lief bei mir der Gedanke mit, jemand aus der Gemeinde könnte uns sehen. Da war immer die Schere im Kopf.

Heikel schien es mir auch im KSA-Kurs (Klinische Seelsorge-Ausbildung) in Birkach bei Stuttgart, den ich vor meinen Anfang in Tübingen setzte – auch als „Puffer" zwischen den doch sehr unterschiedlichen Gemeinden und Welten in Ost und West, zwischen denen ich jetzt wechselte. Obwohl in diesem Kurs persönliche Offenheit wichtig war und in der kleinen Gruppe auch Nähe entstand, habe ich mich in den sechs Wochen nicht

„geoutet" und blieb „hinter dem Schleier", was manches in der Kommunikation und Beziehung zu den anderen unklarer, schwieriger machte.

Denn auch wenn Vertraulichkeit vereinbart war, wollte ich nicht riskieren, dass etwas von meiner Lebensform durchsickert und bekannt wird, noch bevor ich in der neuen Gemeinde überhaupt angefangen habe – zumal einer der Kursteilnehmenden auch aus dem Tübinger Bezirk war.

Ob sich das in dem Traum spiegelte, den ich zu Beginn des Kurses hatte? *Ich „segele" auf einer Luftmatratze über das Meer und schlafe ein … da geht die Luft raus. Ich wache gerade noch rechtzeitig auf, halte mich an einer Rettungsboje fest, um die Luftmatratze wieder aufzublasen.* Ob ich ankomme?

Diese Vorsicht scheint aus heutiger Sicht völlig übertrieben, aber sie war wohl nicht unbegründet, wenn eine Kollegin, die nur ein Jahr vorher von einer Gemeinde in eine Sonderstelle gewechselt hatte, berichtete: Nachdem sie und ihre Partnerin dann auch nicht mehr im Pfarrhaus wohnen würden, sondern privat in der Gemeinde, dachten sie, sich jetzt ihrem Kirchengemeinderat gegenüber „outen" zu können. Also luden die beiden den ganzen KGR ein und erzählten von sich – ausdrücklich vertraulich. Kurz darauf erschien in idea-Spektrum, der Zeitschrift der konservativen Evangelikalen, ein Artikel, der die Kollegin – wenn auch ohne Namensnennung – outete, aber deutlich genug, dass sie an ihrer neuen Stelle als Studienleiterin von manchen pietistischen Vikaren Ressentiments zu spüren bekam.

Die einzigen, denen gegenüber ich mich doch während des Kurses geoutet habe, waren die Kursleiter. Einer von ihnen empfahl mir Supervision bei einer Pfarrerin, die selbst lesbisch lebt. Warum folgte ich diesem guten Rat erst nach mehr als einem Jahr? War es wirklich nur der Stress in der neuen Gemeinde im ersten Jahr, noch verschärft dadurch, dass die andere Pfarrstelle noch nicht besetzt war? Oder wollte ich doch lieber nicht über meine Frauenbeziehung sprechen, sondern diese abspalten auf den Privatraum zwischen B und mir?

Das KreisLes und der LSK (Lesbisch-Schwuler Konvent)

Irgendwann konnte ich diese Spannung nicht mehr ohne Unterstützung von anderen bewältigen, das spürte ich. Die Supervision war wohltuend, aber schon im Vorgespräch hatte mir die selbst in einer Frauenbeziehung lebende Supervisorin erklärt, dass Einzelsupervision nicht ausreichen würde, sondern es die Gruppe braucht, um als lesbische Pfarrerin in Württemberg durchzuhalten. So lud sie mich und B in das sogenannte „Kreisle“ ein, auch „KreisLes“ genannt, eine Gruppe von Theologinnen und ihren Partnerinnen.

Bereits 1993 hatten sich einige von diesen Frauen getroffen, beim ersten Mal in einer Küche, und zwar auf Initiative von Herta Leistner, eine der Herausgeberinnen des oben erwähnten Buches über die lesbischen Frauen in der Kirche. Ein Anlass war, ein Papier zu erstellen für die Tagung der Landessynode in Reute im darauffolgenden Jahr – wenn dort schon keine homosexuellen kirchlichen Mitarbeitenden aus Württemberg teilnehmen. Ein bis zwei Jahre später wurde diese Frauengruppe immerhin durch Vermittlung der damaligen Ludwigsburger Prälatin vom Landesbischof ins Bischofsamt eingeladen. Die Gruppe blieb zusammen und ist gewachsen.

Die Maiwanderung 2000 war für B und mich der erste Schritt in das KreisLes. Nun spürten wir zum ersten Mal, was es bedeutet, auch außerhalb des engen Freundes- und Familienkreises Gesicht zeigen zu können, in Bezug auf die Lebensform die sein zu können, die Du bist. Bei den vier Treffen im Jahr kommen jeweils mehr als ein Dutzend Frauen zusammen: Zum einen ist es der 1. Mai-Ausflug, der meist mit einem großen Grillen in einem der (Pfarr-)Gärten endet. Zum anderen sind es die drei Sonntagabende in den Wohnungen reihum, beginnend mit einem gemeinsamen Essen. In der Corona-Krisenzeit haben wir uns regelmäßig per Zoom am Sonntagabend „getroffen“.

Die Abende verlaufen immer durchaus strukturiert: Jede hat rund fünf Minuten Zeit zu erzählen, dann folgt ein Austausch zu verschiedenen Tops, pünktlich um 21 Uhr ist der Geistliche Abschluss mit einem Lied oder/und einem Text.

Eines „unserer" Lieder ist: „Da wohnt ein Sehnen tief in uns" (von Eugen Eckert, Originaltitel von Anne Quigley: „There is A Longing"): *Da wohnt ein Sehnen tief in uns, o Gott, nach dir,/ dich zu sehn, dir nah zu sein./ Es ist ein Sehnen, ist ein Durst nach Glück, nach Liebe,/ wie nur du sie gibst./ 1. Um Frieden, um Freiheit, um Hoffnung bitten wir./ In Sorge, im Schmerz, sei da, sei uns nahe, Gott./ 2. Um Einsicht, Beherztheit, um Beistand bitten wir./ In Ohnmacht, in Furcht, sei da, sei uns nahe, Gott.*[15]

Aber das ist nicht alles. Wie viele Feste feierten und feiern wir gemeinsam: Geburtstage, Verabschiedungen und Einführungen, Partnerschaftsjubiläen und Segnungsfeiern. Wie oft traten wir intern auf als mehrstimmiger Chor (mit überdurchschnittlich vielen singbegabten Frauen und einer „eigenen" Chorleiterin), mit umgedichteten Songs, Kabarett und Clownin-Nummern.

Das KreisLes hat etwas von einer Selbsthilfegruppe. Alle brauchen wir diesen Raum, in dem lesbische Existenz selbstverständlich ist, verstanden und nicht in Frage gestellt wird. Der große Außendruck, dem wir in unserer Kirche ausgesetzt waren und zum Teil immer noch sind, hat uns bei aller Verschiedenheit zusammengeschweißt. Gemeinsam haben wir viel Stress und Ärger in unserer Kirche durchgestanden, nehmen Anteil am beruflichen und persönlichen Ergehen der anderen, stärken uns gegenseitig den Rücken. Inzwischen sind wir gemeinsam – es gab kaum Wechsel – 20 Jahre älter geworden und die ersten sind im Ruhestand angekommen.

Ich weiß nicht, wie ich das Leben und Arbeiten als lesbische Pfarrerin in Württemberg bewältigt hätte ohne diese Unterstützung vom KreisLes und immer wieder auch Supervision. Es gibt natürlich über das KreisLes hinaus noch mehr lesbische Theologinnen und Pfarrerinnen in Württemberg, aber das KreisLes ist wohl ziemlich einmalig.

Die kirchenpolitische Arbeit geschah und geschieht im 1997 gegründeten Lesbisch-Schwulen Konvent (LSK), dessen „Briefkasten“ über die Pfarrervertretung läuft. Dieser Konvent ist eine Vernetzung von etwa 30 homosexuellen PfarrerInnen/TheologInnen in Württemberg – wobei anzunehmen ist, dass die Zahl der homosexuellen Kollegen und Kolleginnen höher liegt bei insgesamt etwa 2 000 Pfarrerinnen und Pfarrern in der Landeskirche. Eine kleinere Gruppe aus dem LSK traf sich jahrelang ein paarmal jährlich in Stuttgart. Ich selbst konnte von Albstadt aus nur punktuell bei den Sitzungen dabei sein, aber war immer im Kontakt zum LSK.

Der LSK ist die Interessenvertretung nach außen und Ansprechpartner, nicht zuletzt auch für die Kirchenleitung.

Ein paarmal hat sich der LSK in die verschiedenen „Gesprächskreise“ unserer Landeskirche einladen lassen. Um das Wort „Parteien“ zu vermeiden, wird gerne diese Bezeichnung für die verschiedenen kirchenpolitischen Gruppierungen verwendet. Das Ganze ist eine ausgesprochen württembergische Spezialität und hat auch damit zu tun, dass nur hier die Landessynode direkt per Urwahl gewählt wird.

Mit der pietistischen Gruppierung „Lebendige Gemeinde“ hatten wir allerdings kein Gespräch, ansonsten überwiegend gute Gespräche mit der liberalen Gruppierung „Offene Kirche“, unterschiedliche mit der Mitte-Gruppierung „Evangelium und Kirche“ und spannende mit der seit 2001 neuen und kleinen Gruppierung „Kirche für morgen“. Letztere hat sowohl Mitglieder, die offen gegenüber dem Thema „Homosexualität“ waren, als auch welche, die damit Probleme haben. Diese Gruppe dachte, sie könne vielleicht ein Modell für den offenen Austausch in der württembergischen Landeskirche sein, dafür, dass verschiedene Haltungen möglich sind, ohne die Bekenntnisfrage zu stellen oder die Kircheneinheit daran zerbrechen zu lassen (bzw. damit zu drohen).

Alle ein bis zwei Jahre pilgerten einige aus dem LSK nach Stuttgart auf den Oberkirchenrat zu Gesprächen mit dem Landesbischof oder dem Personalreferat. Da diese Gespräche vertraulich waren, kann ich nichts Näheres davon erzählen, nur so viel: Die Gespräche mit Bischof Gerhard Maier (ab 2001) aus der pietistischen Gruppierung „Lebendige Gemeinde" standen unter einem angespannten Vorzeichen, hatte er doch im Jahr seines Amtseintritts erklärt, dass praktizierte Homosexualität in Gottes Geboten missbilligt wird.[16] Offener waren die Gespräche mit der Personalreferentin (bis 2009).

Die Bischofsgespräche gingen auch noch jahrelang ab 2005 unter dem Nachfolger aus der Mitte-Gruppierung „Evangelium und Kirche" weiter, in entspannterer Atmosphäre. Eine Wertschätzung war spürbar, auch wenn er sich bei seinem Amtsantritt noch gegen die Segnung gleichgeschlechtlicher Partnerschaften ausgesprochen hat und erst später dafür.

All diese Gespräche mit den Gesprächskreisen und der Kirchenleitung bedeuteten für uns jedes Mal eine starke mentale Vorbereitung und die Überwindung, Gesicht zu zeigen. Obwohl wir zu mehreren unterwegs waren, war es mit großem inneren Engagement und Stress verbunden. Immer hatten wir die Hoffnung, eine direkte Begegnung könne etwas bewirken, es könnte vielleicht auch in Württemberg einen Fortschritt geben. Aber oft erlebten wir die Enttäuschung, dass wir uns nur im Kreis bewegen und nicht weiterkommen.

Was machte es für einen Sinn?

Immerhin, wir waren im Gespräch, haben uns gezeigt und wurden gesehen, konnten aussprechen, was uns als homosexuelle PfarrerInnen in dieser Kirche belastet und was uns wichtig ist.

Die Klausursynode im Kloster Reute und weiter – im Pilgerschritt

Immer wieder kam in diesen Gesprächen auch die Klausurtagung der württembergischen Landessynode im Kloster Reute bei Bad Waldsee 1994 zur Sprache, die nun schon einige Jahre zurücklag.

Auf dieser Tagung zum Thema „Verschiedene Lebensformen", bei der noch Eberhardt Renz – der nicht zur pietistischen Gruppierung gehörte – Landesbischof war, wurde nicht nur *über* gleichgeschlechtlich liebende Menschen geredet, sondern auch *mit* ihnen. Allerdings waren die GesprächspartnerInnen keine kirchlichen Mitarbeitenden, das schien 1994 in Württemberg nicht möglich, sondern „Laien" aus den bundesweiten Arbeitsgemeinschaften der HuK („Homosexuelle und Kirche") und der LuK („Lesben und Kirche").[17]

Die im darauffolgenden März 1995 verabschiedete Stellungnahme „Verschiedene Lebensformen" endete mit dem unmissverständlichen Satz, den die Vertreter der pietistischen „Lebendigen Gemeinde" mit knapper Mehrheit durchgesetzt hatten: *In der Württembergischen Landeskirche ist eine Segnung von homophilen Paaren nicht möglich.*[18] Diesen Satz bekamen wir noch oft zu hören und er wirkte jedes Mal wie ein Hammerschlag. Aber auch die EKD-Orientierungshilfe von 1996 sprach sich gegen eine Segnung in einem öffentlichen Gottesdienst aus, sondern gestand lediglich zu: *Ihren Ort hat eine solche Segnung in der Seelsorge und der damit gegebenen Intimität.*[19]

Zum Umgang mit homophilen kirchlichen Mitarbeitenden wurde nun aber in Württemberg 1996/97 eine 16-köpfige „Arbeitsgruppe Homophilie"[20] vereinbart – kirchenpolitisch gemischt und darunter jetzt eine lesbische Pfarrerin und ein schwuler Pfarrer aus der Landeskirche.

Da eine inhaltliche Einigung in dieser Arbeitsgruppe an vielen Punkten nicht möglich war, stellte die Arbeitsgruppe in ihrem Abschlusspapier die verschiedenen Sichtweisen nebeneinander – immerhin.

Aber erst im Jahr 2000 wurde dieses zunächst als intern gedachte Papier zusammen mit der o.g. Stellungnahme von 1995 als Heft veröffentlicht, das in jedes württembergische Pfarramt kam, nun unter dem Titel „Gesichtspunkte im Blick auf die Situation homosexueller kirchlicher Mitarbeiterinnen und Mitarbeiter".[21] Diese „Gesichtspunkte", ein „Kompromiss"-

Papier, das der LSK nur teilweise begrüßen konnte, sollte nun eine Grundlage für das Gespräch über Homosexualität in der württembergischen Kirche werden. Es kam etwas anders als gedacht.

Obwohl die Pietisten eingebunden waren bei der Entstehung der Texte und dabei schon viel Rücksicht auf ihre Positionen genommen worden war, gab es heftigen Widerspruch gegen diese Veröffentlichung von der „Lebendigen Gemeinde" (LG) und vom Arbeitskreis „Lebendige Theologie heute", der im Dezember 2000 mit einer „Antwort auf die Gesichtspunkte", die uns als Menschen gar nicht im Blick zu haben schien, reagierte. Zu den Unterzeichnenden gehörten nicht nur ein Theologe und Konfirmandenvater aus meiner Gemeinde, was ich als belastend empfand, sondern auch zwei emeritierte Tübinger Theologieprofessoren, bekannte Neutestamentler, sowie die spätere Synodalpräsidentin aus der LG. Diese „Antwort" wurde dann sogar mit einem Schreiben des Oberkirchenrats (vom 31.1.2001) an alle Pfarrerinnen und Pfarrer verschickt. Mit welcher Macht der pietistische Flügel in Württemberg hier agierte und ein wirkliches Gespräch letztlich verhinderte, hat uns erst einmal die Sprache verschlagen.

Die „Gesichtspunkte" lösten auch keinen breiten Gesprächsprozess in den Gemeinden aus, so wie es das in vielen anderen Landeskirchen bereits gab. Immerhin wurde das Heft in der übergemeindlichen Erwachsenenbildung, in kirchlichen Werken, in Ausbildungs- und Fortbildungsstätten und in den in jedem Dekanat sich treffenden Kirchlich-Theologischen Arbeitsgemeinschaften (KthA) der PfarrerInnen thematisiert. Und in der Evangelischen Akademie Bad Boll hatte es ja schon Mitte der 90er Jahre Tagungen zum Thema „Gleichgeschlechtliche Liebe und die Kirche" gegeben. Auch war bereits 1998 ein ermutigendes Heft der Evangelischen Erwachsenenbildung in Württemberg erschienen: „Liebe Lesben, liebe Schwule, liebe Gemeinden – Anregungen und Materialien für die Gemeindearbeit".

Warum sich aber nur wenige Pfarrerinnen und Pfarrer trauten, dieses emotional aufgeladene Thema in die Gemeinde einzubringen, hat wohl mit der Angst vor der Kontroverse zu tun. Diese war offenbar stärker als das Vertrauen, durch Aufklärung und Begegnung sowie durch ein Ringen um Bibelauslegungen weiterzukommen.

Dazu kommt, dass die zweite Arbeitsgruppe gemäß o.g. Stellungnahme von 1995, die unter Einbeziehung von Fachleuten „angstfreie Gespräche" auch in den Gemeinden und Kirchenbezirken initiieren und begleiten sollte, nie eingerichtet worden ist! So blieb auch der Wunsch nur auf dem Papier, dass es Mitarbeiterinnen und Mitarbeitern in der Kirche ermöglicht werden sollte, *sich an der innerkirchlichen Diskussion über Lebensformen direkt und offen beteiligen zu können, ohne rechtliche Nachteile oder persönliche Diskriminierung befürchten zu müssen.*[22]

Kein Wunder, dass auch ich dieses Thema nicht in meinen Gemeinden eingebracht habe, schon gar nicht ohne Begleitung.

Immer wieder wiesen wir als LSK bei unseren Gesprächen mit der Kirchenleitung und den Gesprächskreisen auf die Notwendigkeit dieser Arbeitsgruppe hin – vergeblich.

War die Angst vor „angstfreien Gesprächen" zu groß? Dabei wären diese so wichtig (gewesen), nicht zuletzt auch, um die vielen Gemeindemitglieder, die nicht die pietistische Position vertreten, bei diesem Thema sprachfähiger zu machen.

So war auf allen Seiten viel Angst anstatt Vertrauen vorherrschend. Aber wie traurig und wenig glaubwürdig für eine Kirche ist das denn? Und hat das nicht auch über viele Jahre die Ausstrahlung der Botschaft von Glaube, Liebe, Hoffnung verdunkelt und (zu) viele Energien gebunden?

Und so ging es weiter im Pilgerschritt – zwei vor, eins zurück und auch mal umgekehrt.

Als solidarische Aktion empfanden wir es allerdings, als 802 KollegInnen, ein Drittel der württembergischen PfarrerInnen, im April 2001 ihre Unterschrift unter die Erklärung setzten: „Unterschiede wahrnehmen – einander achten".

Ausdrücklich hieß es darin: *Lesbische Pfarrerinnen und schwule Pfarrer gehören zu unserer Landeskirche.*[23] Und es wurde gefordert, dass sie ihre Partnerschaft im Pfarrhaus angstfrei leben können.

Ich erinnere mich noch gut daran, wie beglückt ich nach Hause ging, nachdem ich beim Treffen der Pfarrerinnen und Pfarrer aus dem Tübinger Kirchenbezirk mit eigenen Augen sah, wie gut Dreiviertel der ca. 40 KollegInnen unterschrieben. Das gab Rückhalt und tatsächlich das Gefühl dazuzugehören.

Und da war auch noch die Oberkirchenrätin/Personalreferentin Ilse Junkermann, die sich einige Monate später zu Wort meldete. In ihrer Stellungnahme betonte sie, dass sexuelle Neigungen nicht zum Maßstab beruflicher Beurteilung werden dürfen und homosexuelle Pfarrer den Schutz ihres Arbeitgebers haben.[24]

Ansonsten galten für uns homophile Pfarrerinnen und Pfarrer in Württemberg „Dienstrechtliche Rahmenbedingungen" von 1999, die auf der Frühjahrstagung der Landessynode 2011 vom Landesbischof bestätigt wurden. Darin wird einerseits festgehalten, dass Homosexualität die Eignung für den Dienst als Pfarrerin oder Pfarrer nicht grundsätzlich in Frage stellt, andererseits betont, es sei im Grundsatz nicht möglich, dass homosexuelle Paare gemeinsam im Pfarrhaus leben.[25] Tatsächlich mussten wir seinerzeit diese Richtlinien als Fortschritt „begrüßen". „Grundsätzlich" bedeutete ja immerhin, es gibt Ausnahmen, sprich Schlupflöcher für uns. Aber diese sogenannte Einzelfallregelung machte uns natürlich vom Wohlwollen der Kirchenleitung, insbesondere des Personalreferats, abhängig.

Diese württembergischen Richtlinien orientierten sich auch an der schon genannten EKD-Orientierungshilfe von 1996 zum Thema Homosexualität mit dem bezeichnenden Titel „Mit Spannungen leben".

Konnten wir uns willkommen und erwünscht fühlen, wenn in diesem EKD-Papier seitenweise über die Frage gesprochen wird, ob eine homosexuelle Lebensweise mit dem Pfarramt vereinbar sei, um dann zu dem Schluss zu kommen, es sei nicht vertretbar, *das Pfarramt generell für homosexuell lebende Menschen zu öffnen?*[26]

Und was für einen Druck erzeugte das für homosexuell lebende Menschen, die als Pfarrer und Pfarrerin arbeiteten? Eigentlich sollte es solche wie uns nicht geben!

Wie fühlte sich das an für gleichgeschlechtlich liebende Pfarrer und Pfarrerinnen, die im Gemeindepfarramt wirkten, aber doch zusammen mit ihrem Partner/ihrer Partnerin leben wollten, wenn es hieß, dass viele Argumente gegen die Zulassung gleichgeschlechtlicher Lebensgemeinschaften in Pfarrhäusern sprechen?

Und wird hier nicht wieder einmal das protestantische Pfarrhaus idealisiert, um nicht zu sagen „heiliggesprochen"?[27]

Schließlich: Wird hier nicht die Minderwertigkeit unserer Lebensform betont, wenn vom Leitbild „Ehe und Familie" gesprochen wird? Stattdessen wird aber befürchtet, die Lebensform der Ehe werde abgewertet durch die Anerkennung gleichgeschlechtlicher Lebensgemeinschaften. Das hat mir nie eingeleuchtet!

Und was ich geradezu beschämend fand, war die Befürchtung des Rats der EKD, *homosexuell geprägte Amtsträger* könnten die Verkündigung oder das Pfarramt dazu benutzen, *um die gleichgeschlechtliche Partnerschaft als Form des Zusammenlebens durch Worte und Taten zu propagieren*, gar die Erwartung von außerkirchlichen Gruppierungen übernehmen, *sich im Pfarramt dann auch offensiv (durch Verkündigung und Lebensstil) für homosexuelle Menschen sowie für andere Minderheiten oder Randgruppen einzusetzen.*[28]

Wie war das nochmal mit der Zuwendung Jesu zu den Ausgegrenzten und Randständigen?

Die Gründung des BKH (Bündnis Kirche und Homosexualität) und eine gescheiterte Initiative – (K)ein offenes Gespräch ist möglich!

In Württemberg, so unser Eindruck, sollte das ganze „Thema" ja am besten „unter dem Deckel" gehalten werden und die gleichgeschlechtlichen kirchlichen Mitarbeitenden unsichtbar bleiben. Das war für uns aber keine Lösung.

So kam es auf Initiative des LSK im Jahr 2003 zur Gründung eines Solidaritäts-Bündnisses in der württembergischen Landeskirche, unter dem Namen „Bündnis Kirche und Homosexualität" (BKH). Dieses Netzwerk von rund 30 selbständigen Einrichtungen, Gruppen und Einzelpersonen aus der württembergischen Landeskirche trifft sich seitdem einmal im Jahr.[29] Es hat keine Entscheidungsmacht, aber versteht sich als Austauschplattform und kann Impulse setzen sowie Projekte initiieren. Allein schon seine Existenz war und ist ein Zeichen dafür, dass wir Lesben und Schwule in der württembergischen Kirche nicht allein „im Regen" stehen, sondern Verbündete haben.

Dieser Rückhalt von Heteromenschen hat sicher auch dazu beigetragen, manche von uns, die schon mal über einen „Ausstieg" nachgedacht hatten, noch in dieser Kirche zu halten.

Leider scheiterte gleich die erste größere Initiative am Bischof und Oberkirchenrat. Unter dem Motto „Ein offenes Gespräch ist möglich" hatte eine Arbeitsgruppe aus dem BKH eine „Anregung zum Gespräch in den Kirchengemeinden über die Situation homophil lebender kirchlicher Mitarbeiterinnen und Mitarbeiter" verfasst. Dieses Schreiben sollte an alle Kirchengemeinderats-Vorsitzenden gehen mit der Bitte um Rückmeldung, ob und wie sich die eigene Kirchengemeinde im Jahr 2004 damit befassen wolle.[30]

Das ließ die Wellen so hochgehen, dass noch im November 2003 ein Rundschreiben des Oberkirchenrats an alle Pfarrämter und Kirchengemeinderats-Vorsitzenden ging: Das sei nicht mit der Kirchenleitung abgestimmt, die diese Frage auch nicht für vorrangig hält angesichts anderer dringender Themen und Aufgaben! Dieser Gesprächsprozess, unter anderem von der Pfarrervertretung initiiert, sei nicht angebracht.[31] Dazu kursierte der Vorwurf, diese Initiative würde den von der Einzelfallregelung begünstigten homophilen MitarbeiterInnen/PfarrerInnen in den Rücken fallen! Sollten Einzelne von uns die „Gnade" und den Schutz des OKR nur bekommen um den Preis, dass sich grundsätzlich nichts bewegen darf? Ich habe diese Blockierung der Initiative als ein Zurückweichen vor dem Druck der Pietisten, ja, auch als ein Machtspiel verstanden. Nun wussten wir Bescheid: Es war kein offenes Gespräch möglich in Württemberg!

Andere Initiativen und Anstöße aus dem BKH waren erfolgreicher, wie 2006 die Akademie-Tagung in Bad Boll zum Thema „Segnung gleichgeschlechtlicher Paare" oder 2009 die Berufung von Prälaturbeauftragten für Homosexualität durch den Landesbischof. Diese KollegInnen sollen in den vier Prälaturen AnsprechpartnerInnen sein für Mitarbeitende und für Gemeinden. Sie wurden zu wichtigen BeraterInnen und vertreten das Thema bis heute auch in vielen Vorträgen und Stellungnahmen – trotz manchem Gegenwind.

Begegnung und/oder Bibelarbeit?

Immer wieder beschäftigte uns die Frage, ob der Schwerpunkt der Gespräche, die wir als Lesbisch-Schwuler Konvent LSK mit anderen führten und für die Gemeinden forderten, mehr auf der persönlichen Begegnung oder mehr auf den hermeneutischen Fragen der Bibeldeutung liegen sollte. Dabei war uns klar, dass wir die Hardliner unter den Pietisten kaum erreichen würden, weder durch Begegnung noch durch Bibelarbeit. Sie verschanzten sich hinter ihren Barrieren eines wortwörtlichen Bibelverständnisses – und vermutlich auch einer tiefsitzenden Angst, wenn sie uns vehement entgegenhielten: *Die Bibel lehnt Homosexualität ab.* Ansonsten hielt und halte ich sowohl die theologische Diskussion wie die Begegnung mit uns als gleichgeschlechtlich liebenden kirchlichen MitarbeiterInnen für nötig – womöglich aber steht die direkte Begegnung an erster Stelle.

Jedenfalls habe ich immer wieder erfahren, wenn ich mich Einzelnen gegenüber geoutet habe: Da fielen Vorurteile oder emotionale Barrieren ab, da konnten sich Ängste vor dem Fremden lösen, da wurde manches verstanden.

Eine solche Begegnung kann auch, so glaube ich, die Hermeneutik (Bibeldeutung) verändern, kann zum Anstoß werden, die Bibelstellen zu Homosexualität in einem anderen Licht, im Licht der Liebe zu sehen. Ist diese mögliche Veränderung vielleicht bei manchen gerade ein Grund, eine Begegnung zu vermeiden?

Aber so sehr wir an Begegnungen interessiert waren, gab es auch für uns dabei ein Dilemma: Wir mussten uns outen in einem Klima, das uns Schwierigkeiten einbringen konnte, andererseits würde sich das Klima nur verändern, wenn wir offene Begegnungen wagten und Gesicht zeigten.

Aber neben der Begegnung ist eine differenzierte und historisch-kritische Bibelarbeit zum Thema angesagt. Die Bibel beim Wort nehmen, ja, aber das kann gerade auch heißen, sie nicht wortwörtlich zu nehmen, denn: *Die Bibel ist eine untrennbare Mischung aus Gotteswort und Menschenwort und die Menschen können irren. Deshalb muss ich immer wieder fragen, wie Gott mich heute durch das biblische Wort anspricht,* so der ehemalige EKD-Ratsvorsitzende Nikolaus Schneider.[32]

Jesus selbst zeigt in seinem Reden und Handeln, wie mit den Geboten des Ersten/Alten Testaments umzugehen ist, nämlich dass sie am Maßstab der Liebe und Menschenfreundlichkeit auszurichten sind.

Und schon im alttestamentlichen Buch Hiob wird erzählt, wie Gott alle Versuche der Freunde, Hiobs Leid zu erklären, verurteilt, obwohl diese durchaus biblisch, insbesondere mit der Weisheitsliteratur, argumentieren.

„Biblische“ Verbote wie das Tragen von Mischgewebe oder das Aufstellen von Zimmerpflanzen sehen auch die pietistisch geprägten Menschen selbstverständlich als zeitgebunden an und nicht als Orientierung für unser Leben heute. Das gleiche gilt für die vielen Reinheitsgebote, die oft hygienische Gründe hatten. Und wer von denen, die homosexuelle Partnerschaften so laut bekämpfen, sieht sich heute beispielsweise an das Zinsverbot gebunden, obwohl das im Alten Testament von großer Bedeutung ist?

Da wird wohl hermeneutisch mit zweierlei Maß gemessen! Angesichts der „selektiven Wahrnehmung" biblischer Gebote, fragt man/frau sich schon: *Welche Ängste steuern einen solchen Umgang mit biblischen Texten?*, so die Theologieprofessorin Magdalene L. Frettlöh.[33]

Die oben genannte Aussage des württembergischen Landesbischofs, praktizierte Homosexualität werde in den Geboten Gottes missbilligt, stellt mich als Christin und Pfarrerin, die die Botschaft der Bibel ernst nehmen möchte, in Frage.

Das kann nicht unwidersprochen bleiben, denn das fundamentalistische *Die Bibel sagt* wird den vielfältigen biblischen Aussagen und ihrem Entstehungshintergrund nicht gerecht und missachtet die Interpretationsnotwendigkeit.

Auch die negativen biblischen Äußerungen zu homosexuellen Handlungen können nicht wortwörtlich ohne Kontext verstanden und als Urteilsgrundlage für heutige gleichgeschlechtliche Partnerschaften genommen werden.

Denn in den wenigen biblischen Schriften (vor allem des Alten Testaments), in denen homosexuelle Praktiken Thema sind, werden diese als Teil eines heidnischen Kultes oder als Herrschaftsverhalten von überwiegend verheirateten Männern abgelehnt.

Eine gleichgeschlechtliche Partnerschaft zwischen zwei Menschen, die auf gegenseitiger Liebe und Verantwortung beruht, hatte eine Gesellschaft, in der Kinderreichtum auch existenziell wichtig war für die Sicherheit des Volkes und für die Altersversorgung, überhaupt nicht im Blick. Sollten als entscheidende Kriterien zur Beurteilung von homo- und heterosexuellen Beziehungen nicht vielmehr partnerschaftliche Liebe und Verantwortung (versus sexueller Missbrauch und Verantwortungslosigkeit) geltend gemacht werden?

Ich will das hier nicht weiter vertiefen, weil zu diesen negativen biblischen Aussagen schon viel geschrieben und gesagt worden ist. Lesenswerte Beiträge zu „Homosexualität und Bibel" aus der Feder des Neutestamentlers Prof. Dr. Hermann Lichtenberger (2010) und des Alttestamentlers Prof. Dr. Jürgen Ebach (2011) sind auf der Homepage des „Bündnisses für Kirche und Homosexualität" (BKH) unter „Flyer+Texte" veröffentlicht.

Erwähnen möchte ich an dieser Stelle das Buch „Streitfall Liebe – Biblische Plädoyers wider die Ausgrenzung homosexueller Menschen" (2003 erschienen und 2007 überarbeitet). Darin setzt sich Valeria Hinck, eine lesbische Ärztin, intensiv mit vielen Bibelstellen auseinander. Sie kommt aus dem evangelikalen Milieu (wobei „evangelikal" eine Richtung v.a. aus dem Protestantismus und den Freikirchen bezeichnet – international, aber auch auf den deutschen Pietismus zurückgehend), und sie findet, dass es kein Widerspruch ist, homosexuell und konservativ gläubig zu sein.

Im Vorwort schreibt Klaus Douglass: *Auch die Apartheid in Südafrika wurde – ebenso wie die Sklaverei – seinerzeit „biblisch" begründet [...] Heute zweifelt kaum ein Mensch mehr daran, wer sich hier versündigt hat und wer nicht. Ähnlich wird eines Tages das Urteil der Geschichte über den Umgang heterosexueller Christen mit Homosexuellen lauten.*[34]

In der Bibel gibt es aber auch Aussagen, die ein positives Licht auf unser Thema werfen, auch wenn sie nicht ausdrücklich von Homosexualität reden – sie seien im Folgenden angedeutet:[35]

Ruth, deren Name übersetzt „Freundin" bedeutet, sagt zu ihrer Schwiegermutter den Satz, der traditionell in vielen Traugottesdiensten zitiert wird: *Ja, wohin du gehst, dahin gehe auch ich. Und wo du bleibst, da bleibe auch ich.* (Rut 1,16–19)

In der Bibel ist durchaus nicht nur von einer nahen Frau-Mann-Beziehung die Rede, sondern von verschiedenen Beziehungs- und Lebensformen, übrigens auch von mehreren

Ehefrauen eines Mannes, was uns heute fremd ist, während die uns vertraute Kleinfamilie nur am Rande vorkommt.

Zu einer besonderen Freundschaft, einer Liebe und einem Bund vor Gott bekennen sich auch Jonathan und David (1. Sam 18,1–3; 20,17+30 und 41f.), der um den Freund klagt: *Wunderbar ist deine Liebe für mich gewesen, wunderbarer noch als die Liebe der Frauen.* (2 Sam 1,26) Auch wenn David noch viele Frauen in seinem Leben haben wird, können sich doch gleichgeschlechtlich liebende Männer in dieser Männerliebe wiedererkennen, so wie gleichgeschlechtlich liebende Frauen in der erwähnten Frauenfreundschaft.

In der Schöpfungsgeschichte hören wir: *Als Gottes Ebenbild schuf er ihn [den Menschen], als Mann und Frau schuf er sie,* übersetzbar auch: *Männlich und weiblich schuf er sie.* (Gen 1,27) Von Ehe und Ehepaar ist an dieser Stelle wirklich nicht die Rede, aber es heißt eindeutig wenig später: *Es ist nicht gut, dass der Mensch allein ist.* (Gen 2,18) Dass der Auftrag *seid fruchtbar und vermehrt Euch* (Gen 1,28) nicht von allen verwirklicht werden muss, zeigen gerade auch Jesus und Paulus, die nicht verheiratet waren, keine Kinder hatten – und somit auch nicht dem Leitbild von Ehe und Familie entsprechen.[36]

Paulus erklärt im Galaterbrief (Gal 3,28) die Befreiung zur Gotteskindschaft dahingehend, dass dann die Unterschiede zwischen den Menschen nicht mehr gelten: *Es spielt keine Rolle mehr, ob ihr Juden seid oder Griechen, Sklaven oder freie Menschen, Männer oder Frauen. Denn durch eure Verbindung zu Christus seid ihr alle wie ein Mensch geworden.*

Und Jesus selbst spricht in Matthäus 19,12 von verschiedenen Lebensformen: *Es gibt Männer, die sind von Geburt an eheunfähig. Und es gibt Männer, die werden von Menschen eheunfähig gemacht. Wieder andere haben sich selbst eheunfähig gemacht, weil sie ganz für das Himmelreich da sein wollen.* Die Lutherübersetzung „Verschnittener" für das griechische Wort „Eunuch" lässt leicht übersehen, dass Kastration im Judentum bedeutungslos war und der Begriff also auch übertragen und nicht biologisch zu verstehen ist. Bei der ersten Gruppe handelt es sich ausdrücklich um Menschen, die „aus dem Mutterleib" so geboren wurden, die also von Natur aus zur heterosexuellen Ehe samt Kindern nicht fähig sind, aus welchen Gründen auch immer. Meistens wurde und wird die Stelle reduziert verstanden als „zur Zeugung unfähig", aber sie ist m.E. viel weiter zu fassen, erst recht, wo dieses Jesuswort so eingerahmt wird: *Nicht alle werden verstehen, was ich jetzt sage – nur die, denen Gott das Verstehen schenkt.* (19,11) *[...] Wer das verstehen kann, soll es verstehen.* (19,12d)

Auch fällt auf, wie wertfrei Jesus hier über Menschen redet, die nicht in einer traditionellen Ehe leben und keine Kinder bekommen. Ausdrücklich sagt Jesus nichts zu Homosexualität. Das finde ich bedeutsam! Ihm ist anderes wichtiger: *Strebt vor allem anderen nach seinem Reich und nach seiner Gerechtigkeit.* (Mt 6,33)

Die christliche Grundorientierung kann sich auch in Bezug auf die Gestaltung unseres Zusammenlebens letztlich nicht an einzelnen Bibelstellen festmachen, sondern muss sich auf Kernaussagen der Bibel gründen. Und die ethischen Kernaussagen Jesu, die „das Gesetz und die Propheten" zusammenfassen (Mt 7,12 / Mt 22,40), sind das Doppelgebot der Liebe zu Gott und den Menschen wie zu sich selbst (Mt 22,37–39) und die sogenannte Goldene Regel: *Behandelt andere Menschen genauso, wie ihr selbst behandelt werden wollt.* (Mt 7,12)

> *Die Orientierung an Liebesgebot und Goldener Regel hat auch Konsequenzen für unsere Beurteilung der Homosexualität. Denn die Goldene Regel gibt mir als Leitfrage mit auf den Weg: Wie würde es mir selbst damit gehen, wenn ich als gleichgeschlechtlich Liebender gesagt bekäme: Als Mensch nehme ich dich an, aber deine Gefühle der Liebe zu deinem Partner sind Sünde? Wie würde es mir selbst gehen, wenn meine Kirche, die mir wichtig ist, für die ich mich vielleicht engagiere, das als offizielle Position vertritt?* [37]

Das waren theologisch und seelsorgerlich befreiende Worte des bayerischen Landesbischofs und späteren EKD-Ratsvorsitzenden Heinrich Bedford-Strohm. Solche Worte, in denen der jesuanische Geist weht, hätten wir uns mehr in unserer württembergischen Diskussion gewünscht.

„Kann denn Liebe Sünde sein?"

Für manche schien und scheint Homosexualität *der* Sündenfall zu sein.

Und natürlich traf und trifft es lesbische und schwule Gemeindeglieder und kirchliche MitarbeiterInnen einschließlich PfarrerInnen immer wieder aufs Neue, wenn zu hören und zu lesen ist, Homosexualität sei Sünde und nicht mit dem biblischen Zeugnis vereinbar, der Umgang damit gar eine Bekenntnisfrage und möglicherweise Anlass für eine Kirchenspaltung …

Zwar betonen viele Pietisten immer wieder, dass Homosexuelle nicht diskriminiert werden sollten, aber das bleibt ein pures Lippenbekenntnis, solange zugleich gesagt wird *Homosexualität ist Sünde* und homosexuelle Menschen sollten bindungslos leben. Das Unterscheiden zwischen den „Sündern" (Person), die anzunehmen sind, und der „Sünde" (Werk), die abzulehnen ist, verkennt völlig, dass Sexualität wesentlich zum Menschen gehört. Die evangelische Theologieprofessorin Isolde Karle betont: *Die sexuelle Identität ist Teil der Personalität des Menschen und als solche zu würdigen und zu achten.*[38] Das Ende der Diskriminierung ist eben erst dann erreicht, wenn akzeptiert wird, dass wir entsprechend unserer sexuellen Orientierung und Identität leben.

Die negativen Fremdzuschreibungen der evangelikalen Seite aber nicht zu Eigenzuschreibungen werden zu lassen und unsere Liebe davon nicht vergiften zu lassen, war nicht nur eine ständige psychische Herausforderung. Es war und ist auch eine geistliche Übung, stattdessen der Weitherzigkeit und Menschenliebe Gottes zu vertrauen, wie sie sich in Jesus und seinem Umgang mit den Menschen gezeigt hat.

So war es mir auch wichtig, 2001 ein persönliches Glaubensbekenntnis zu schreiben … *Ich bin lesbisch und das ist gut so, weil*

ich glaube … Kann diese Liebe, die ich lebe und als Geschenk erfahre, Sünde sein? Nein, vielmehr: *Jede Liebe, die ihr Gegenüber achtet und Geborgenheit schenkt, ist Abglanz von Gottes Liebe.*[39]
Dass ich das so sehen konnte, hat auch damit zu tun, dass ich nicht in einem pietistischen Milieu aufgewachsen bin. Zwar gehörten meine Großeltern väterlicherseits der altpietistischen Hahn'schen Gemeinschaft an. Aber schon mein Vater hatte sich davon weitgehend gelöst, und meine Mutter kam aus einem gemischt-konfessionellen liberalen Elternhaus. Ich wurde vor allem geprägt von der Kirchenmusik und von einer eher in der Mitte zwischen „konservativ“ und „progressiv“ verorteten kirchenverbundenen Einstellung. Nach einer zunehmenden Distanz zur Kirche als Heranwachsende kam ich später durch einen katholischen Freund mit der Spiritualität der ökumenischen Gemeinschaft von Taizé in Berührung, die um die beiden Pole „Kampf und Kontemplation“ kreist.

Diese Begegnung war für mich von entscheidender Bedeutung, sodass ich mit 24 Jahren den Lehrerinnenberuf in Nürtingen aufgab, um Theologie in Tübingen zu studieren.

Homosexualität war weder bei uns zuhause noch sonst und später im Studium ein Thema für mich. Sie galt in meinem Umfeld zwar nicht als Sünde, doch schon als etwas „Schwieriges“, was uns/mich nichts weiter anging und worüber besser nicht geredet wurde, es war also mehr oder weniger tabu.

Insofern hatte ich es da sicher leichter als homosexuelle Menschen, die in einem pietistischen Umfeld aufgewachsen sind und von Kindheit an ständig hörten *Homosexualität ist Sünde* und *Die Bibel spricht immer ablehnend von Homosexualität.*

Das ist eindrücklich nachzulesen in dem Buch „Nicht mehr schweigen – Der lange Weg queerer Christinnen und Christen zu einem authentischen Leben“, 2018 herausgegeben von Timo Platte. Hier brechen 25 Menschen aus dem freikirchlich-charismatisch-pietistischen Milieu ihr Schweigen, bleiben aber anonym. Lange hatten sie ein Doppelleben geführt, aus Angst, abgelehnt zu werden und alles zu verlieren, was ihnen bisher lieb und teuer war. In ihrem Inneren tobte der Konflikt, weil das, was sie fühlten, nicht vereinbar war mit dem Glauben, wie sie ihn kannten und lebten, und weil sie den Vorwurf hörten, homosexuell zu leben, bedeute offensichtlich, Jesus nicht zu lieben.

Verzweiflung, Selbsthass bis hin zu Suizidgedanken, körperliche Beschwerden und erfolglose Konversionsanstrengungen waren die Folgen.

In ihren Lebensberichten sprechen sie über ihre Schwierigkeiten, die eigene Homosexualität und/oder Transidentität anzunehmen nach einem oft jahrelangen Kampf. Und sie zeigen auch das Ringen darum, den Glauben nicht zu verlieren und das Vertrauen nicht aufzugeben, von Gott angenommen zu sein, so wie man/frau geschaffen ist. Sie wollen sich nicht von anderen davon abbringen lassen, sich bei Jesus willkommen zu wissen, wie es ähnlich auch manche biblische Geschichte erzählt. Sie erzählen vom Glück und Geschenk, einen Partner/eine Partnerin zu finden, die ihnen entspricht, aber auch über die Ausgrenzung, die sie dann tatsächlich auch erfahren haben von ihren Gemeinden und teilweise ihren Familien und Freundeskreisen.

Ich kann mich der Hoffnung des Herausgebers nur anschließen, dass dieses Buch nicht nur eine Stütze ist für diejenigen, die Ähnliches erleben oder erlebt haben, sondern auch eine Chance für diejenigen, *die keinerlei Bezug zu homosexuellen und transidenten Personen haben,* indem sich ihnen hier ein konkretes Gegenüber zeigt.[40]

Anfang 2021 stellte mir eine junge Theologin, die mich für ihre Promotion „Queere Pfarrbiografien" interviewte, die Frage: *Wie hat mein Lesbischsein meine Theologie und pastorale Existenz beeinflusst?*

Obwohl ich als Theologin Lesbe bin und umgekehrt und beides zu mir gehört (was nicht nur für Konservative, sondern auch für manche aus der Lesbenbewegung schwer zu verstehen ist), finde ich die Frage gar nicht so leicht zu beantworten.

Für mich hat vor allem die Erfahrung des Ausgegrenztwerdens Auswirkungen:[41]

Zu einer diskriminierten Minderheit zu gehören, das hat mich vermutlich verstärkt sensibilisiert für Menschen, die ausgegrenzt werden und am Rande stehen, fremd sind.

Nicht recht dazuzugehören hat umgekehrt die kritische Distanz zur Institution und zum „Betrieb" Kirche auch in anderen Fragen begünstigt.

Manche biblische Geschichte und Bibelworte von Befreiung und Heilung haben mich in meiner Situation tiefer oder neu angesprochen und berührt, ebenso die Geschichten und die Theologie des Segens.

Die Herausforderung, mich unabhängig vom Urteil anderer zu machen, mich selbst anzunehmen und vielmehr zu fragen *Wer bin ich – vor Gott?*, war und ist groß und

- *glauben zu können*, dass ich von Gott so *wunderbar gemacht bin* (Ps 139)
- *lieben zu können* und die Liebe zu einer Frau als Gabe Gottes zu sehen
- *hoffen zu können*, dass einst nicht Mann- noch Frau-Sein, nicht Sexualität „zählen" werden, sondern Gerechtigkeit.

Ein Meilenstein: Das Lebenspartnerschaftsgesetz

Während wir uns in der Kirche nur langsam im Pilgerschritt vor und zurück bewegten, wurde auf politischer Ebene ein Meilenstein gesetzt: Am 1. August 2001 trat das Lebenspartnerschaftsgesetz in Kraft. Nachdem das Europäische Parlament bereits 1994 die Mitgliedsstaaten zur Anerkennung und rechtlichen Gleichstellung homosexueller Partnerschaften aufgefordert hatte und das in vielen EU-Staaten mittlerweile auch schon geschehen war, war nun endlich eine „eingetragene Partnerschaft" (eP) von gleichgeschlechtlich liebenden Menschen auch in Deutschland möglich.[42]

Wir begrüßten die Verbesserungen wie zum Beispiel das Auskunftsrecht oder die Gleichstellung im Mietrecht. Doch das Gesetz brachte mehr Pflichten als Rechte mit sich, beispielsweise mussten die beiden Partnerinnen oder Partner gegenüber dem Staat füreinander mit Unterhalt einstehen, bekamen aber keine steuerlichen Erleichterungen – und zunächst war auch keine Hinterbliebenenrente vorgesehen.

Aufgrund vieler Urteile des Bundesverfassungsgerichts in den folgenden Jahren wurden die Rechte aber Zug um Zug erweitert.

Dieses Gesetz war ein Meilenstein in der bundesdeutschen Geschichte im Umgang mit Homosexualität. Selten hat ein staatliches Gesetz auch eine Einstellung in der Gesellschaft so verändert, nämlich zu deutlich mehr Akzeptanz von gleichgeschlechtlich liebenden Menschen geführt.

Die Evangelische Kirche in Deutschland (EKD) befürwortete grundsätzlich die Verbesserungen der Rechtsstellung für gleichgeschlechtliche Partnerschaften, um Verlässlichkeit und Verantwortung zu stärken, befürchtete zugleich jedoch eine mögliche Verwechselbarkeit mit der Ehe.

Auch deshalb sprach sie sich gegen die Segnung eingetragener Partnerschaften aus, obwohl einige der rund 20 evangelischen Landeskirchen in Deutschland bereits den Weg frei gemacht hatten für die gottesdienstliche Segnung gleichgeschlechtlicher Paare – im Rheinland und in Nordelbien sogar schon im Jahr 2000, also vor dem Partnerschaftsgesetz, und bald danach in Hessen-Nassau, Berlin-Brandenburg und der Pfalz.

In einem Papier des EKD-Kirchenamts wurde festgestellt, dass in der EKD derzeit keine Einigkeit bestehe, ob kirchliche Mitarbeitende, insbesondere PfarrerInnen, ohne weiteres eine eingetragene Lebenspartnerschaft eingehen können oder vielmehr dienstrechtliche Konsequenzen zu erwarten hätten.[43]

Tatsächlich? Sollte es etwa Sanktionen geben dafür, dass wir eine verbindliche Partnerschaft eingingen?

Konservative innerhalb und außerhalb der Kirchen kritisierten heftig das „Lebenspartnerschaftsgesetz“ und sahen den Schutz der Ehe bedroht – nicht so das Bundesverfassungsgericht.[44]

Ich denke, die Bedrohungen einer Ehe kommen von woandersher und nicht von eingetragenen Partnerschaften. Es stellt sich schon die Frage: *Braucht man an Stelle einer ehrlichen Eigensicht ein Feindbild, auf das man sich stürzt?*, so der Theologe Peter Bürger, und noch etwas fällt ihm auf: Gerade diejenigen Kreise, die gegen die eingetragene Partnerschaft kämpften, kritisierten gleichzeitig, homosexuelle Beziehungen seien unbeständig und flüchtig ... *Was will man denn nun? Offenbar unter allen Umständen die Bewahrheitung des eigenen Vorurteils. Man schreit über den vermeintlich wesenhaften homosexuellen Partnerwechsel, verhindert jedoch gleichzeitig alles, was dauerhafte Lebensformen fördern und auch zeichenhaft einen Neuanfang jenseits von bindungsloser Promiskuität setzen könnte.*[45]

Kurz nach dem Lebenspartnerschaftsgesetz erschien in 2. Auflage das Buch Peter Bürgers, das mir in dieser Zeit sehr wichtig wurde: „Das Lied der Liebe kennt viele Melodien – Eine befreite Sicht der homosexuellen Liebe".

Nach den beiden schon erwähnten Büchern aus der Perspektive überwiegend evangelischer lesbischer Kirchenfrauen von 1987 und 1997 nun ein Buch aus der Perspektive eines katholischen schwulen Mannes. Dieses Buch vermittelt eine neue christliche Sicht der homosexuellen Liebe. Vor dem Hintergrund vieler Lebensgeschichten werden eingehend historische, biblisch-theologische, soziologische und psychologische Aspekte beleuchtet. Es ist ein Ratgeber gegen alle Vorurteile gegenüber Schwulen und Lesben und bietet einen hilfreichen argumentativen Rückhalt.

Alle drei Bücher bedeuteten Lebenshilfe im besten Sinne.

Bei Monika Barz konnte ich mich dafür Jahrzehnte später persönlich bedanken, als wir uns an einem Septembertag 2020 bei einer Demonstration in Reutlingen trafen.

2004–2010: „Ich lasse dich nicht, du segnest mich denn" – Von zaghaften „Outing"-Versuchen und vom Zusammenleben

„Auswandern" als Option?

Außerhalb vom Familien- und Freundeskreis hat mich die Frage *Wem sag ich wann was und wie?* ständig begleitet. Ich hatte sozusagen „oben" angefangen, auch zu meinem Schutz, um nicht erpressbar zu sein: Landesbischof und Personalreferentin wussten Bescheid, seit 2001 die Tübinger Dekanin.

Persönlich hatte ich auch noch einen „Draht" zur Direktorin des Oberkirchenrats und juristischen Stellvertreterin des Landesbischofs (2001 bis zu ihrem frühen Tod 2017) außerdem 2003 bis 2009 EKD-Ratsmitglied. Sie wohnte zufällig in Lustnau und war also mein Gemeindemitglied, überdies gleicher Jahrgang wie ich. Jeden Sommer einmal, solange ich in Lustnau war, verbrachten wir einen Abend mit einem Fläschchen Wein auf meiner Terrasse. Ihre offene und unkonventionelle Art war wohltuend, und es war natürlich für mich sehr beruhigend, sie auf dem Oberkirchenrat zu wissen. Mit ihr und der Personalreferentin gab es dort zwei kirchenleitende Frauen, auf deren Solidarität wir hoffen konnten, sollte es mal hart auf hart kommen.

Wenn ich mich recht erinnere, war sie die Einzige aus den Kirchengemeinden Lustnau-Bebenhausen, der gegenüber ich mich geoutet habe – bis auf mein letztes Jahr dort. Es wäre interessant zu wissen, wie viele es doch geahnt haben!

Solange wir als lesbische Pfarrerinnen und schwule Pfarrer „verdeckt" lebten und es keinen Streit deswegen in den Gemeinden gab, machte uns der Oberkirchenrat keine Schwierigkeiten. Ansonsten hätte das einen Stellenwechsel zur Folge haben können. Öffentliches Äußern und Auftreten war also nicht angesagt.

Doch das bedeutete einen ständigen inneren Konflikt, einerseits offen leben zu wollen, aber es nicht zu können. Und so hatte ich immer die Schere im Kopf. Dieses „Abschneiden" eines Teils meiner Person hat nicht nur Energie abgezogen, sondern verhinderte womöglich manch nähere Beziehung zu Menschen aus meinen Gemeinden und im KollegInnenkreis. Ein solches Doppelleben war nicht authentisch und womöglich auch krankmachend.

Ich wusste: So kann und will ich auf Dauer nicht leben und arbeiten, gerade nicht in diesem Beruf als Gemeindepfarrerin – als die vermeintlich Alleinstehende im allzu großen Pfarrhaus – als die, die über ihr persönliches Leben den Schleier des Schweigens deckt – als die, die in ihrem Privatleben sozusagen zwei Zuhause an verschiedenen Orten hat – als die, die außerhalb ihrer Privatsphäre nicht mit ihrer Partnerin auftreten kann – als die, die „auf der Hut" ist, dass nichts und niemand sie verrät und dass sie selbst sich auch nicht verräterisch verhält – als die, die in Anspannung gerät, sobald es in der Gemeinde oder unter KollegInnen um das Thema „Familie" oder „Homosexualität" geht – und auch als die, die sich gleichgeschlechtlich liebenden Menschen nicht als Ansprechpartnerin zu erkennen gibt.

Gerade auch Letzeres fand ich äußerst unbefriedigend und belastend, habe ich so doch manchen gleichgeschlechtlich liebenden Menschen eine Chance zur freien Aussprache, zur Erfahrung von Akzeptanz und Solidarität durch mich als Pfarrerin vorenthalten, da ich nach außen nichts von meiner Lebensform gezeigt habe. Bis zuletzt habe ich es auch in den KonfirmandInnengruppen geheimgehalten, dabei wäre gerade bei den Jugendlichen ein authentisches Auftreten der Pfarrerin und ein offenes Gespräch über verschiedene Lebensformen wichtig gewesen.[46]

Eine Kollegin aus dem KreisLes beschreibt die Folge unserer eigentlich unmöglichen Existenz in der württembergischen Landeskirche so: *Wir haben uns absolut unauffällig verhalten. Unser Privatleben, unser Beziehungsleben bis zur Unsichtbarkeit abgespalten*

– wenn wir mit unserer Freundin irgendwo auftauchten, sollte niemand „was Böses" dabei denken müssen. [...] Lesbische Frauen hatten es im unauffälligen Verschwinden leichter als Männer, weil Frauenfreundschaften für „harmloser" angesehen wurden und einer Frau ohne Mann sowieso keine aktive Sexualität zugetraut wurde. Wir haben trotzdem alle immer ein bisschen in der Angst vor der Entdeckung gelebt und natürlich auch gespürt, wie ungesund und unnatürlich ein verdecktes, verdruckstes und irgendwo unehrliches Leben ist. Und geistlich fragwürdig sowieso.

Und unsere eigentlich unmögliche Existenz hatte auch im Beruf Auswirkungen. Dazu noch einmal die Stimme der Kollegin: *Wir haben uns wahnsinnig angestrengt, besonders gute Pfarrerinnen und Pfarrer zu sein. Und das war meist keine gesunde Anstrengung um des Evangeliums willen, sondern eine angstgetriebene, um unseren „Makel" auszugleichen.*

Dabei standen lesbische Gemeindepfarrerinnen ja auch noch unter dem anderen Druck, nämlich sich als Frau im Gemeindepfarramt beweisen zu müssen, sich möglichst keine Fehler zu erlauben. Die älteren unter uns waren in ihren Gemeinden oft noch die erste Pfarrerin gewesen. Und selbst noch um die Jahrtausendwende gab es in Tübingen zwar eine Dekanin, aber die wenigen Gemeindepfarrerinnen im Bezirk arbeiteten alle in Teilzeit außer mir.

Mir war klar: So nicht bis zum Ruhestand! Tröstlich war es, bei Erich Fried zu lesen:

> [...] Das Leben
> wäre vielleicht
> einfacher
> wenn ich dich
> nicht getroffen hätte
> Es wäre nur nicht
> mein Leben.[47]

Was tun?

Ob ich nicht einmal daran gedacht hätte, ganz aus dem Kirchendienst auszusteigen, wurde ich vor kurzem in dem schon erwähnten Interview für die Promotion „Queere Pfarrbiografien" gefragt. Ja, das war schon mal ein aufblitzender Gedanke, sozusagen als ein Ventil („notfalls"), den ich aber dann doch nicht ernsthaft erwogen habe. Zurück in den Schuldienst wollte ich eigentlich nicht. Die Frage kam schon auch mal im KreisLes hoch: *Und wenn ich an der Theke stehe und verkaufe und mich ansonsten ehrenamtlich engagiere ...,* dachte laut eine Kollegin.

In eine andere Landeskirche „auszuwandern" war für mich auch keine Option. Ich war ja gerade wegen B und vieler anderer privater und familiärer Beziehungen nach Württemberg zurückgekehrt. Und es wäre außerdem schwierig für B geworden, eine passende Stelle in der Nähe zu finden. Außerdem war der Wechsel in eine andere Landeskirche damals noch kompliziert. Erst das neue Pfarrerdienstrecht der EKD von 2011 erleichterte KollegInnen die Bewerbung in anderen Landeskirchen. Das wurde von einigen Homosexuellen verständlicherweise genutzt, denn in Hessen-Nassau und anderswo waren sie willkommen! Ich konnte die jungen KollegInnen gut verstehen, die mit Engagement im Gemeindepfarramt starten wollten und keine Perspektive sahen, mit ihrer Partnerin oder ihrem Partner offen und ohne Diskriminierung zusammenleben zu können, sondern allenfalls verdeckt und geduldet, und also auch unwahrhaftig und abhängig. Ein lesbisches Pfarrerinnenpaar verließ im Sommer 2013 Württemberg, das beiden jahrzehntelang kirchliche Heimat war, nicht ohne einen mehrseitigen eindringlichen Abschiedsbrief an Bischof und OKR, synodale Gesprächskreise, DekanInnen und andere zu schreiben.

Die dritte Option, nach rund 20 Jahren das Gemeindepfarramt zu verlassen, um eine Sonderpfarrstelle zu übernehmen und dann nicht mehr im beobachteten Pfarrhaus zu leben, rückte auch für mich in den Bereich des Möglichen, obwohl ich gerne Gemeindepfarrerin war. Viele andere gleichgeschlechtlich liebende Pfarrerinnen und Pfarrer hatten den Schritt aus dem Gemeindepfarramt in eine Sonderpfarrstelle schon vollzogen oder planten ihn. Eine Zeitlang war ich mal die Einzige aus dem KreisLes, die noch im Gemeindepfarramt tätig war.

Ob der Kirchenleitung bewusst war, welches Potenzial an engagierten Gemeindepfarrerinnen und -pfarrern sie nach und nach verlor? Ganz zu schweigen von denen, die gar nicht erst angefangen haben, Theologie zu studieren oder nach dem Studium von vornherein nicht in den kirchlichen Dienst gegangen sind, weil sie als lesbische und schwule Menschen keine Perspektive in dieser Kirche gesehen haben? Mit Bedauern erzählte mir mein Waldenbucher Kollege schon in den 80er Jahren von einem sehr begabten und inspirierenden Mitarbeiter in der Jugendarbeit, der sich aus diesem Grund von seinem Berufswunsch Gemeindepfarrer verabschiedet und das Theologiestudium aufgegeben hatte.

Wir wissen nicht, wie viele Menschen wegen ihrer Homosexualität auf ihren Berufswunsch „GemeindepfarrerIn“ verzichtet haben. Und ebenso wenig, wie viele homosexuelle Menschen auf eine Beziehung verzichteten, um „unbelastet“ im Gemeindepfarramt leben und arbeiten zu können.

Diese Menschen mit ihren Verzichten waren nicht im Blick, auch nicht in der EKD-Orientierungshilfe „Mit Spannungen leben“. Ausführlich ist darin aber von der Gefahr die Rede, dass lesbische und schwule PfarrerInnen zur Tarnung heiraten könnten, was einen „Missbrauch“ des Ehepartners bzw. der Ehe darstelle.[48] Eine solche Mutmaßung ist eigentlich eine beleidigende Unterstellung und sehr realitätsfern. Und wieder ein Beispiel dafür, dass zu viel über uns als mit uns gesprochen wurde!

Gab es noch eine andere Option für mich als „Auswandern“ in einen anderen Beruf oder in eine andere Landeskirche oder in ein Sonderpfarramt?

Zusammenziehen – ein Entscheidungs- und Kommunikationsproblem

Wenn schon mein Platz in der Kirche so fraglich war, wurde es für mich umso wichtiger, im Privaten meinen Platz zu finden.

Als wir im Sommer 2003 wieder einmal im Urlaub in Italien waren, fiel die Entscheidung: Wir wollen nicht länger unseren Alltag getrennt verbringen, sondern ab 2005 endlich nach zehn Jahren zusammenleben! Stundenlang saßen wir morgens beim Campingfrühstück am See und wägten ab, was zu tun sei. Es gab aus unserer Sicht zwei Möglichkeiten:

Plan A: B zieht zu mir ins Pfarrhaus nach Tübingen-Lustnau und pendelt noch sieben Jahre bis zu ihrem Ruhestand nach Albstadt-Ebingen, wo sie sich ein Zimmer nehmen könnte. Das konnte sie sich als Kirchenmusikerin mit punktuellen Außenterminen und viel Homeoffice vorstellen, zumal wir in meinem großen Pfarrhaus auch schon einen möglichen Platz für ihre Hausorgel gefunden hatten.

Aber offen aussprechen, wie B und ich zueinander stehen? Zwar war ich mir ziemlich sicher, dass die Mehrheit in meinen beiden Kirchengemeinderäten damit kein größeres Problem gehabt hätte, zumal ich inzwischen schon fünf Jahre in Lustnau und Bebenhausen war und sie mich und meine Arbeit kannten. Aber es gab eine pietistisch geprägte Minderheit in und außerhalb des Kirchengemeinderats, die sicher opponiert hätte. Damit hätte ich mich wahrscheinlich auch persönlichen Verletzungen ausgesetzt. Und die Diskussion hätte womöglich alte Gräben, die sich in diesen Gemeinden aufgetan hatten, bevor mein Kollege und ich dort einen gemeinsamen Neuanfang versucht haben, wieder aufgerissen. Beides wollte ich nicht riskieren.

Aber könnte B vielleicht auch – die Zustimmung des Kirchengemeinderats vorausgesetzt – offiziell als „Untermieterin" bei mir einziehen?

Wir wussten von anderen Frauenpaaren, die das so schon früher praktiziert hatten. Bei einem Paar kam sogar der Kirchenpfleger, um mit dem Zollstock genau den Wohn- und Mietanteil der „Untermieterin" auszumessen.

Aber dann hätten wir unter der Beobachtung und dem Druck gestanden, uns als Freundinnen, aber nicht als Paar zu zeigen. Und was wäre, wenn es eines Tages nicht mehr „geduldet" würde und wir doch aus dem Pfarrhaus ausziehen müssten? Irgendwie fanden wir dieses Versteckspiel auch unwürdig, erst recht in unserem „fortgeschrittenen“ Alter.

Also Plan B: Ich gebe meine attraktive Stelle nach bereits gut sechs Jahren auf, auch wenn ich eigentlich gerne noch in meinen Gemeinden in Lustnau und Bebenhausen geblieben wäre, und ziehe zu B in ihr Häuschen nach Albstadt-Ebingen. Und ich versuche, eine neue Stelle zu finden, die ich von dort aus übernehmen kann. Da aber GemeindepfarrerInnen in der Regel eine Residenzpflicht im Pfarrhaus haben, müsste ich zu einer Sonderpfarrstelle bereit sein, unter Umständen eine größere Strecke pendeln und vielleicht woanders noch ein Zimmer nehmen. Da es nicht ganz einfach werden würde, eine passende Stelle zu finden, konnte ich mir vorstellen, als Übergangszeit ein Sabbatjahr zu nehmen.

Aber würde da der Oberkirchenrat überhaupt mitmachen, wo es doch üblich ist, zuerst eine neue Pfarrstelle zu haben und dann umzuziehen und nicht umgekehrt? Kein Wunder, dass wir einen ganzen Urlaub brauchten für diesen Abwägungs- und Entscheidungsprozess. Das Gespräch einige Wochen später mit dem für uns zuständigen Kirchenrat, zu dem auch B mitging, war ermutigend. Wir konnten offen reden und uns wurden keine Steine in den Weg gelegt. Plan B schien möglich, zumal ich signalisierte, flexibel zu sein in Hinsicht auf die Länge der Sabbatzeit, aber auch Umfang und Profil der neuen Stelle.

Dann waren wir „dran“:

Zum einen ging es ganz praktisch darum, den Dachausbau im Ebinger Haus zu stemmen, was uns immer wieder im kommenden Jahr beschäftigt hat. Zusammen mit einer Schreinerin haben wir das zu dritt selbst gemacht. Es war auch ordentlich viel „Sport“ dabei, mussten wir doch viel Baumaterial über 70 Stufen bis zu meinem „Dachatelier“ schleppen.

Zum anderen ging es darum: Wie kann ich meinen Weggang Ende 2004 in den Gemeinden plausibel machen, ohne mich gleich ganz zu outen? Ich wollte nicht, dass die Wellen öffentlich bzw. in der Zeitung hochschlagen, zumal ich ja auch nochmal eine Stelle in der württembergischen Kirche übernehmen wollte.

Das erforderte mal wieder einiges an gedanklicher und sprachlicher Akrobatik.

Ich entschied mich für das „begrenzt offene" Verfahren.[49] So outete ich mich im Frühjahr erst einmal in persönlichen Einzelgesprächen gegenüber sieben Personen, das heißt, ich nannte meine Absicht und ihren wahren Grund dem Kollegen, den Vorsitzenden und jeweils zwei Kirchengemeinderätinnen aus den beiden KGR-Gremien in Lustnau und Bebenhausen. Dabei stieß ich auf Verständnis, aber es kam auch die Frage: *Hätte ihre Freundin nicht doch hierher ziehen können?* Das machte unsere Zusammenarbeit im letzten Dreivierteljahr noch vertrauensvoller, denn vorher hatte ich mich als Person ja immer etwas hinter einem Schleier verbergen müssen.

Mit diesem Rückhalt teilte ich dann beiden Kirchengemeinderatsgremien meine Entscheidung mit, wenn auch nicht so offen, was die Gründe anbetraf, sondern: *Leider ließe sich meine private Lebensplanung nicht vereinbaren mit einer weiteren Tätigkeit als Gemeindepfarrerin in Lustnau und Bebenhausen, und ich werde nun erst einmal eine Sabbatzeit machen.* Niemand hat nachgefragt, es gab ausdrückliches Bedauern, aber ich meinte, auch Erleichterung darüber zu spüren, dass ich entschieden hatte, die Diskussion aus der Gemeinde herauszuhalten. Auch als ich es in den Gottesdiensten so sagte, waren die Reaktionen ähnlich. Es gab wortlose Umarmungen, jemand erkannte prompt: *Auf die Alb geht man doch nur aus Liebe.* Eine andere fragte: *Sie strahlen etwas aus – was ist los?* Bei manchen regte der Grund meines Gehens vielleicht auch Fantasien an. Und wie viel Information durchgedrungen ist über den Kreis der sieben Eingeweihten hinaus, das weiß ich nicht. Doch es wurde nicht zum öffentlichen Thema.

Das Abschiedsfest in der Adventszeit, das die beiden Gemeinden zusammen ausrichteten, wurde dann ein herzlicher und trotz Abschied heiterer Abend. Das lag auch an den kabarettistischen Einlagen, die mich durchaus wertschätzend „auf den Arm" nahmen. An diesem Abend stellte ich auch B vor als diejenige, zu der ich nun ziehe, *da ich nicht mehr länger (nach fast 20 Jahren) allein in einem großen Pfarrhaus leben möchte.*

Zwei Tage später der letzte Gottesdienst in Lustnau am 3. Advent: Plötzlich fingen die „Kinderkirchkinder" zu kichern an, schauten unter die Bank, und da schob sich doch schon eine schwarze Katze an meinen Beinen vorbei nach vorne, ich konnte auch nur schwer an mich halten. Noch ein letzter Gottesdienst in der Klosterkirche Bebenhausen am 2.Weihnachtstag. Dann war ich Privatfrau und fühlte mich ziemlich frei, zumindest hatte ich jetzt das Gefühl, mich immer weniger verbiegen zu müssen.

Die biblische Geschichte von der Heilung der gekrümmten Frau (Lukas 13,10ff.) kam mir in den Sinn: *Immer am Sabbat lehrte Jesus in einer der Synagogen. Und sieh doch: Da war eine Frau. Seit achtzehn Jahren wurde sie von einem Geist geplagt, der sie krank machte. Sie war verkrümmt und konnte sich nicht mehr gerade aufrichten. Als Jesus sie sah, rief er sie zu sich. Er sagte zu ihr: „Frau, du bist von deiner Krankheit befreit!" Und er legte ihr die Hände auf. Sofort richtete sie sich auf und lobte Gott.*

Du bist befreit!, auch wenn es viele Jahre gedauert hat.

Und so war der Umzug um den Jahreswechsel herum für mich ein Aufbruch ins gemeinsame Leben nach etwas mehr als 18 Jahren Alleinleben.

Damit etwas Gemeinsames entsteht, mussten wir beide viel aussortieren und Möbel abgeben. Aber das fiel uns nicht allzu schwer, weil die Freude überwog. Freilich hatte es auch seine Tücken, wenn zwei Menschen zusammenziehen, von denen die eine knapp 20 Jahre, die andere gut 30 Jahre ohne PartnerIn in einer Wohnung bzw. in einem ganzen Haus gelebt hatte. Wir waren zwei Frauen, die bisher jahrzehntelang alles selbst organisiert hatten in Haus und Garten, von der Steuererklärung bis zum Auto, und die natürlich auch ihre Muster hatten. Und nun standen wir auf einmal zu zweit in einer kleinen Küche und wollten die Spülmaschine unterschiedlich einräumen ... Aber wir wollten ja heraus aus der „Urlaubsbeziehung". Eine Beziehung, in der nie gestritten wird, schien uns auf Dauer nicht stimmig.

Die Verpartnerung – eine kuriose Geschichte

Mitten in diesem von Umbau und Abschied geprägten Jahr machten wir auch den Schritt zur „eingetragenen Partnerschaft". Das war zwar seit drei Jahren in Deutschland möglich, aber von den äußeren Bedingungen her noch eine ziemlich nüchterne bürokratische Angelegenheit:

Seinerzeit durfte der Akt noch nicht auf dem Standesamt im schönen Tübinger Rathaus stattfinden, sondern in einem Büroraum im Landratsamt, das damals am Rande des Gewerbegebiets am Neckar flussabwärts lag. Anders als bei einer Eheschließung mussten wir vorher diese Dienstleistung auch bezahlen und uns am Automaten anstellen, umringt von Menschen mit KFZ-Schildern. Die Verpartnerungs-Zeremonie wurde dann vom Mitarbeiter für Katastrophen- und Zivilschutz und Wehrangelegenheiten vorgenommen. Wie passend!

Wir baten darum, die Rede kurz zu halten, einziger „Zeuge" war Bs Sohn. Um dem Ganzen sozusagen einen festlichen Rahmen zu geben, hatten wir uns zu dritt schon am Abend zuvor in Stuttgart zur Oper „Tristan" getroffen. Isoldes Liebestod passte zwar auch nicht ganz, aber so war es eben.

Nach der Verpartnerung aber empfingen uns Sonne und ein strahlend blauer Himmel, es wurde ein wunderbarer Sommertag, den wir zusammen am und auf dem Neckar mit einer Stocherkahnfahrt verbrachten. Die Schöpfung feierte mit!

Natürlich konnte ich es mir nicht verkneifen, auf dem Dienstweg dem Oberkirchenrat mitzuteilen, dass wir von einem Mitarbeiter für Katastrophen- und Zivilschutz und Wehrangelegenheiten verpartnert worden seien, obwohl ich wusste, dass der OKR eigentlich gar nicht darüber informiert werden wollte. Alle anderen familiären Veränderungen interessierten dagegen sehr wohl! Aber „das" war keine kirchlich anerkannte familiäre Veränderung. Als Antwort kam dann nur: *Danke, dass Sie uns das mitgeteilt haben.*

Dass auch anderes möglich war, zeigte die Antwort des badischen Landesbischofs kurz danach, als zwei uns bekannte

Pfarrerinnen, von denen die eine zur badischen Landeskirche gehörte, sich verpartnerten. Da kam ein bischöfliches Schreiben mit herzlichen Glück- und Segenswünschen. Oft sollten wir Württemberger „Homos“ in den nächsten Jahren noch bedauern, dass die Württembergische und Badische Landeskirche nicht zusammengehören, was ja in einem Bundesland sowieso sinnvoll wäre und nebenbei auch noch einiges an Finanzen freisetzen würde.

Als mir bald danach die Sekretärin der Kirchengemeinde die aktuelle EDV-Liste des Oberkirchenrats mit Personenstandsdaten zeigte, die aufgrund der kommunalen Veränderungsmeldungen zusammengestellt werden, da fiel ich aus allen Wolken, wurde ich doch tatsächlich aufgeführt als „verheiratet“ mit dem Datum unserer Verpartnerung! Alle meine Geheimhaltungsbemühungen konterkariert durch einen Meldefehler? Ich sagte nur erschrocken und spontan: Nein, das sei ein Fehler. Es stimmte ja auch nicht, verpartnert war ausdrücklich ein anderer Status als „verheiratet“. Ich sagte ihr bis kurz vor meinem Weggang nicht, was Sache war, obwohl wir vertrauensvoll zusammenarbeiteten. Da sie aber *die* Ansprechpartnerin für Menschen aus den beiden Gemeinden war, wollte ich sie nicht in Konflikte bringen, es zu wissen, aber nichts sagen zu dürfen. Was für ein Eiertanz! Tatsächlich war der Sekretärin, wie sie mir viel später erzählte, kein Gerede über meine Lebensform zu Ohren gekommen, insofern war also das Versteckspiel „gelungen“.

Kurioserweise wurden wir 14 Jahre später bei der Umwandlung der Partnerschaft in eine Ehe ausdrücklich darauf hingewiesen, künftig als Datum der Eheschließung das von der eingetragenen Partnerschaft anzugeben.

Also: Verheiratet waren wir seinerzeit definitiv nicht. Was dann, wenn es Formulare auszufüllen gab? „Geschieden“? „Nichtverheiratet“? stimmte irgendwie auch nicht. Es dauerte einige Zeit, bis die meisten Formulare auch die Möglichkeit vorsahen, „eP“/eingetragene Partnerschaft anzukreuzen.

Die Segnung – ein wunderbares Fest

Schon bald nach unserer Verpartnerung machten wir uns auf die Suche nach einem Raum für einen Segnungsgottesdienst und ein Fest mit vielen Gästen.

Dutzende Paare hatte ich schon getraut und B hatte bei unzähligen Trauungen die Orgel gespielt, aber uns selbst war es verwehrt, den Segnungsgottesdienst öffentlich in einer Kirche zu feiern. In Württemberg war allenfalls eine persönliche Segnung gleichgeschlechtlich liebender Paare im seelsorgerlichen Rahmen möglich, so, wie sich manche Menschen ja auch persönlich segnen lassen, wenn sie krank sind oder im Sterben liegen oder eine große Aufgabe und Reise vor sich sehen.

In einem Interview ein paar Jahre später sagt die Stuttgarter Prälatin Gabriele Arnold: *Und wenn wir die Segnung im seelsorgerlichen Kontext erlauben und sie öffentlich verweigern, ist das doch komplett verrückt. Was in der Seelsorge richtig ist, kann doch im Gottesdienst nicht plötzlich falsch sein.*[50]

So mussten wir uns also auf die Suche nach einem Raum begeben – in einer Tagungsstätte oder im Nebenzimmer eines Gasthauses? Schließlich fanden wir einen Hof. Nein, wir mussten nicht in die Scheune gehen. Denn dieses Hofgut in einem aufgegebenen Kloster hatte eine Kapelle aus dem frühen 18. Jahrhundert, die lange nur noch als Rumpelkammer genutzt wurde, nun aber renoviert war und hin und wieder als Kulturraum diente – ein weißer, leerer Raum. Diesen konnten wir also für einen Gottesdienst am Samstagnachmittag nutzen, anlässlich einer „Familienfeier“ (ich feierte ja an diesem Tag auch meinen 50. Geburtstag mit). Ja, man könne auch ein Klavier reinschieben und: Ob es uns nichts ausmache, wenn da gerade ein paar Bilder einer Installation von Mario Moronti präsentiert würden?

Nein, überhaupt nicht, zumal in der Apsis, hinter der Stelle, wo früher der Altar stand, zentral ein großes Bild in Rot und Schwarz hing: „La nascita dello Spirito“, auf Deutsch: „Die Geburt der Geistkraft“.

In meiner biblischen Lieblingsgeschichte, der Begegnung zwischen Jesus und der Samariterin am Brunnen (Joh 4,1–45), geht es in dem langen Gespräch auch darum, dass es nicht auf den Ort des Gebets ankomme, denn: *Gott selbst ist Geist – und wer ihn anbetet, muss vom Geist und von der Wahrheit erfüllt sein.* Das ließ uns die Absurdität etwas vergessen, dass wir diesen Gottesdienst nicht etwa in meiner alten Kirche, der Klosterkirche Bebenhausen, in der im Sommer jeden Samstag Trauungen stattfanden, oder in der Ebinger Martinskirche mit großer Orgel und Chorgesang feiern konnten.

Es wurde ein Gottesdienst, der nicht nur uns, sondern viele sehr berührt hat. Den seelsorgerlichen Rahmen haben wir weit interpretiert und waren überzeugt, dass das auch im Sinne Jesu sei. Ungefähr 50 bis 60 Gäste hatten wir eingeladen, unsere Familien, alle vier Eltern waren dabei, viele Freundinnen und Freunde, alle, die seit Jahren von uns wussten. Es tut mir heute noch leid, dass wir ein paar Verwandte und Freunde nicht eingeladen haben. Ihnen gegenüber hatten wir uns bisher nicht geoutet, sondern es in der Schwebe gelassen. Bei dem einen oder der anderen waren wir einfach nicht sicher, ob sie wirklich mitfeiern könnten.

Eine befreundete Kollegin hielt die Liturgie und Predigt, Bs Sohn begleitete am Klavier. Wir saßen in großen Kreisen, sangen und feierten gemeinsam Abendmahl, empfingen den Segen. Am Ende tanzten wir im Pilgerschritt (zwei vor, einer zurück) aus dem Raum, der uns in dieser Stunde ein „heiliger" Raum geworden ist.

Und mitten im Gottesdienst kam doch wieder die schwarze Katze und drehte ihre Runde – rätselhaft, hatten wir doch, um keine Zeugen zu haben, darauf geachtet, dass die Türen zu sind.

Nach dem Gottesdienst fuhren wir alle nach Ebingen, um dort ein schönes Fest zu feiern, und kurz darauf begaben wir uns auf eine zweimonatige Reise mit unserem für das Campen umgebauten Berlingo durch England und Schottland.

Zwei Begebenheiten zum „Thema" sind mir in Erinnerung:

Auf einem kleinen Campingplatz in einem Tal im Lake District in Cumbria, das ich noch aus meiner Zeit als Schülerin in England kannte, kamen wir mit zwei Engländerinnen ins Gespräch, die mit ihrem Berlingo neben uns geparkt hatten.

Bald gab sich eine von beiden als Kollegin zu erkennen, eine anglikanische Priesterin, die sich gerade einen neuen Job suchte. *Warum? – They don't like guy priests in the anglican church,* war die Antwort (*Sie mögen keine Homo-Priester in der anglikanischen Kirche*). Seit drei Jahren hätte ihre Partnerin, als „Freundin" geduldet, im Pfarrhaus gelebt. Sie, die ursprünglich evangelikal orientiert war, wollte nicht länger mit einer Lüge leben. Die Kirche hätte sie nicht gezwungen, auszusteigen, aber diese sei jetzt sicher froh, „dass ein Problem gegangen ist". Sie würde jetzt erst einmal als Postbotin arbeiten und vielleicht auch aus der Kirche austreten.

Für Gesprächsstoff war an diesem Abend gesorgt, bei einem Bier auf diesem völlig abgelegenen englischen Zeltplatz nahe der schottischen Grenze. Und da gab es bald eine große menschliche Nähe und ein Verständnis, auf Englisch über alle Grenzen hinweg.

Noch abgelegener war die Hebrideninsel Iona vor der Südwestküste Schottlands, deren alte Klosterabtei wir besuchten. Dort ist der Sitz der 1938 gegründeten ökumenischen Iona-Community, der sich auch auswärtige Mitglieder und Assoziierte bis hin nach Deutschland zugehörig fühlen. Ähnlich wie in Taizé sind eine integrative Spiritualität und das Engagement in der Alltagswelt zentral, und in ihrem dort ausliegenden Papier lasen wir, übersetzt: *Alle sind willkommen, die „im Geist und in der Wahrheit anbeten", ungeachtet des Geschlechts, der Rasse, der sexuellen Orientierung, der Kultur, des Alters oder der Bildung.* Da sagt eine christliche Gemeinschaft ausdrücklich, wir sind willkommen, so, wie wir sind, auch mit dieser sexuellen Orientierung! Nicht nur geduldet und schon gar nicht schief angesehen, sondern *You are welcome!* Wie gut das tat. Und diese frohe Botschaft, die wir da auf der Insel gefunden haben, von dessen Kloster schon seit dem

6. Jahrhundert die christliche Botschaft nach Europa ausstrahlte, hat uns begleitet. Das Symbol dieser Kommunität ist die Wildgans (verwandt mit der Taube als Symbol des Heiligen Geistes, *der weht, wo er will*). Eine Steinscheibe mit der eingravierten Wildgans hat seitdem ihren Platz auf meinem Schreibtisch.

Die neue Pfarrstelle – eine Fügung?

Schon vor dieser Reise war ausgerechnet an der zentralen großen Martinskirche in Ebingen, an der B Kirchenmusikerin war, eine der beiden Pfarrstellen frei geworden. War das nicht eine wunderbare Chance? Ich könnte Gemeindepfarrerin bleiben und sogar eng mit B zusammenarbeiten! Ebingen war mit seinen etwa 25 000 Einwohnern der größte Teilort von Albstadt und hatte drei evangelische Kirchengemeinden. Wir wohnten zwar nicht auf dem Gebiet der Martinskirchengemeinde, aber diese begann nur ein paar Straßen weiter, und ich wäre bereit gewesen, die „Residenzpflicht im Pfarrhaus" insofern zu erfüllen, dass ich dort das Amtszimmer übernehme, aber weiter in unserem gemeinsamen Häuschen lebe.

Als die Stelle im Herbst ausgeschrieben wurde, bekam ich in den Vorgesprächen viele positive Signale vom Kollegen und von der KGR-Vorsitzenden, vom Dekan und von Mitgliedern des Oberkirchenrats. Ein Vorteil war ja, dass mich viele aus den kirchlichen Kreisen in Ebingen schon als Apoldaer Pfarrerin kennengelernt hatten, oder auch jetzt in meinem Sabbatjahr als Sängerin im Martinschor. Und es war allgemein bekannt, dass ich „irgendwie" mit B in einem Haus wohne. Mehr hätte gar nicht mehr gesagt werden müssen.

In einem Begleitschreiben zu meiner Bewerbung an den OKR habe ich all das angesprochen, im Bewerbungsbogen selbst allerdings den Familienstand mit „nv/gesch" angegeben, gemäß dem „begrenzt offenen Verfahren".

Die Chancen standen ziemlich gut für mich, aber dann kam der Wahlvorschlag vom OKR mit drei Personen an das Ebinger Besetzungsgremium – und mein Name war nicht dabei.

Der Traum von der Martinskirche war geplatzt. War das noch meine Kirche? War ich hier willkommen?

Offenbar hatten sich in der Personalkommission des OKR diejenigen durchgesetzt, mit denen ich nicht direkt im Gespräch gewesen war. Mit meiner Lebensform hätte es nichts zu tun, sondern mit der Sorge, der Kirchengemeinderat käme in einen Loyalitätskonflikt, da B doch die verdiente Kirchenmusikerin sei. Und sie wollten auch keine Ausnahme von der Residenzpflicht, dem Wohnen im Pfarrhaus, machen. Oder hatte es letztlich doch mit meiner Lebensform zu tun, die eben auch schon als eine Ausnahme galt?

Dass der OKR hier fernab von der konkreten Gemeinde entschieden hat, zeigt auch die Reaktion der langjährigen Kirchengemeinderatsvorsitzenden, die mir sofort eine Karte schrieb, sie sei *sehr* enttäuscht, dass der OKR mich nicht aufgestellt hat.

Ich weiß nicht, was hinter den Kulissen lief, aber die Entscheidung der Personalkommission war vermutlich nicht unumstritten. Im Jahr darauf wurde nämlich das Stellenbesetzungsgesetz geändert: Seitdem hat ein Besetzungsgremium das Recht, selbst noch eine/n 4. Bewerber/in auf den Wahlvorschlag zu setzen.

Und für mich hat es sich dann anders gefügt: Nachdem sich wenige Tage nach diesem „Knall" ein Kind verplappert hatte, erfuhr ich vorzeitig und streng vertraulich von seiner Mutter, dass im nächsten Sommer eine weitere Pfarrstelle in Ebingen frei werden könnte, und zwar an der Friedenskirche am Rande der Stadt, in deren Bezirk wir auch wohnten. Bei insgesamt fünf Gemeindestellen in einem Ort war das natürlich ein überraschender und nicht zu erwartender „Zufall". Ich hatte zumindest wieder eine Perspektive. Und als das Personalreferat im Dezember vorsichtig anfragte, ob ich trotz meines Ärgers bereit wäre, nach meinem

Sabbatjahr ab Januar zunächst Vertretungen mit 50 Prozent zu übernehmen, ließ ich mich auch darauf ein. So pendelte ich 2006 für zwei Monate nach Trossingen und danach für ein halbes Jahr ins nahe Messstetten und ins Krankenhaus nach Sigmaringen. Dann kam durch den Balinger Dekan tatsächlich das Angebot an die Friedenskirchengemeinde und mich: Entweder wird die freiwerdende Stelle wegen des neuen Pfarrplans als feste 50%-Stelle (unbegrenzt) ausgeschrieben und ich kann mich darauf bewerben, oder der OKR richtet eine bewegliche 75%-Stelle (auf Widerruf) für höchstens fünf Jahre bis Ende 2011 ein und ernennt mich darauf ohne Bewerbungsverfahren. Nicht nur ich, auch der Kirchengemeinderat stimmten der zweiten Variante gerne zu, hatte sie doch mehr Vorteile für beide Seiten. Und da es keine 100%-Stelle war, war ich auch noch problemlos von der Residenzpflicht im Pfarrhaus befreit – schließlich wohnte ich ja privat mitten in meinem Gemeindebezirk. Nur für Seelsorgegespräche brauchte ich noch einen Raum im Gemeindezentrum, denn die 70 Stufen zu meinem Arbeitszimmer waren für BesucherInnen nicht zumutbar. Aber von meinem Schreibtisch im Dachstock war die Friedenskirche so nah, dass ich die Uhr sehen und die Glocken hören konnte.

Das Unmögliche war möglich geworden. Was uns vor drei Jahren als „Entweder-oder" erschien, ging zusammen: Ich wohne als Gemeindepfarrerin mit B zusammen im Haus. Eine wunderbare Fügung.

Später sollte sich herausstellen, dass diese Teilstelle noch einen weiteren Vorteil hatte. Bei einer vollen Stelle hätte ich überhaupt nicht angefangen, über Luthers Judenfeindschaft und ihre Wirkung im „Dritten Reich" zu schreiben – was dann nicht nur ein Buch wurde, sondern auch noch viele Vorträge und ein zweites Buch zur Folge hatte. Auch fanden B und ich immer wieder Möglichkeiten, über Kirchengemeindegrenzen hinweg gemeinsam einiges in Ebingen zu gestalten. So war ich in der Martinskirche als Sprecherin im „Albstädter Orgelwinter" und als Liturgin bei besonderen musikalischen Gottesdiensten dabei, deren

Gestaltung vor allem in Bs Händen lag. Auch außerhalb Ebingens kooperierten wir fast 20 Jahre lang bei der mehrtägigen Sommertagung „Musik und Theologie" auf Burg Rothenfels am Main, einer von der Amtskirche unabhängigen katholischen Bildungsstätte in Bayern. Die gemeinsame Vorbereitung und Durchführung war nicht nur ein inspirierendes und passendes Projekt für uns. Auch von den Teilnehmenden wurde uns immer zurückgemeldet, wie verwoben und aufeinander bezogen wir die Themen musikalisch, theologisch und spirituell entfaltet hätten – kein Wunder. Wir haben uns als Kirchenmusikerin und Theologin sehr gut ergänzt. Darüber hinaus habe ich in Bs Chören und im Orchester mitgewirkt, und wir traten als Duo in der „Marktmusik" auf. Umgekehrt war B die erste (und kritische) Lektorin meiner Buchmanuskripte. Ihre gründliche Rückmeldung hat dazu beigetragen, dass die Bücher auch für Nichttheologen verständlich sind.

Zusammenwohnen zweier älter werdenden Frauen?

Das war natürlich nicht unsere Sicht. Bei meinem Einzug in Bs Haus zum Jahreswechsel 2004/2005 fühlten wir uns als ziemlich frisch verpartnertes Paar, das endlich mit einem gemeinsamen Alltagsleben beginnen konnte. Wir erlebten uns auch als jünger, als wir mit immerhin knapp 50 und 58 waren.

Die Sicht von außen war vermutlich eine andere, zumal wir die Art unserer Beziehung als Privatsache behandelten und nicht darüber sprachen, wie wir in einem Haus zusammenwohnen. Auch hatten die Ebinger zwei Jahrzehnte lang B als alleinerziehende Mutter eines Sohnes erlebt … und die beiden als ein eingespieltes Duo, da dieser Sohn von Kindheit an musikalisch und damit öffentlich „mitspielte".

Die einen sahen in mir vermutlich eine Art „Untermieterin" von Frau W. nach dem Motto: *Schön, dass sie eine Freundin hat und nicht mehr alleine lebt.* Von einer „Wohngemeinschaft zweier älter werdenden Frauen" fühlten sich offenbar auch pietistische

Gemeindeglieder nicht provoziert. Solange wir die – wie ich sie nannte – „Zauberworte" wie homosexuell, lesbisch, verpartnert nicht aussprachen, konnten sie es wohl verdrängen oder uminterpretieren. Nur zweimal bekam ich anonyme Post mit verbalen Aggressionen und Sexualfantasien.

Andere vermuteten sicher, dass wir ein Paar sind. Jahre später meinte sogar eine ehemalige Pfarramtssekretärin: *Das war doch jedem in Ebingen klar.* Ich denke, bestimmt nicht jedem, aber denen, die dafür offen waren. Wie viel und was über uns seinerzeit gesprochen wurde, wissen wir nicht.

Nachdem wir längst in Tübingen wohnten, erfuhren wir, dass wir mittlerweile ein Fall für die „Heimatkundlichen Blätter", einer Beilage zur Albstädter Tageszeitung „Zollernalbkurier", geworden waren: War da doch im März 2021 in einem langen Artikel über die Partnerschaft Apolda-Albstadt unter der Überschrift „Freundschaft ohne Grenzen" schwarz auf weiß von einer Personalie zu lesen, *die ihren Ursprung auch in Apolda hatte* … nämlich, dass sich zwischen der Apoldaer Pfarrerin und der Ebinger Kirchenmusikdirektorin *eine sehr enge Freundschaft* entwickelte.[51]

Auch wenn uns die Unklarheit über viele Jahre geschützt hat, grenzte dieser Selbstschutz doch auch an Selbstverleugnung. Wenn nach außen der Eindruck entsteht, wir seien zwei älter werdende Frauen, die sich zusammengetan haben, um nicht alleine zu sein, dann haben wir zwar kein Problem, aber es ist ein Problem, weil es nicht stimmt und unserer Beziehung nicht würdig ist, so reduziert zu werden.

Natürlich will ich nicht mein Privatleben öffentlich machen, sondern privat halten, aber ich möchte schon sagen können, dass wir ein Paar sind, auch in der kirchlichen Öffentlichkeit und nicht nur im Familien- und Freundeskreis und gegenüber Vertrauten. Es geht darum, der Liebe Worte zu geben, weil das die Beziehung stärkt und befreit, weil wir als Paar wahrgenommen und auch zusammen eingeladen werden wollen. Es geht darum, uns zu unserer Liebe bekennen zu können, so wie wir uns zum

Glauben bekennen, obwohl auch der Glaube etwas Persönliches ist. Ich wusste, dass ich so nicht bis zum Ruhestand leben möchte.

Aber nicht nur für uns war es noch nach der Jahrtausendwende ein großer Schritt, öffentlich zu unserer gleichgeschlechtlichen Liebe zu stehen und auszusprechen, ein Paar zu sein.

Wie spektakulär war noch im Juni 2001 das Outing von Klaus Wowereit gewesen, bevor er zum SPD-Kandidaten für das Amt des Regierenden Bürgermeisters von Berlin nominiert wurde: *Ich bin schwul – und das ist auch gut so.* Der Zusatz sei ihm *rausgeflutscht*, aber es sei der wichtigste Satz seines Lebens gewesen, bemerkte er später.[52] Es war nicht nur wichtig, dass er es gesagt hatte, sondern wie, nämlich selbstbewusst und nicht defensiv. Kollegen hatten ihm abgeraten, es war das erste Mal, dass sich ein aktiver Politiker outete. Niemand wusste, wie die Öffentlichkeit darauf reagieren würde. Das war eine Zeit, in der so etwas als Privatsache galt und Journalisten nicht darüber schrieben. Wowereit wurde einstimmig nominiert und gewählt, bekam viel positive Resonanz, weltweit, aber auch Schmähbriefe.

Dieser eine Satz machte Furore. Auch für uns hatte er eine befreiende Kraft.

Und wie rauschte es noch im November 2007 im Blätterwald, als die Fernsehjournalistin Anne Will bei einer Veranstaltung im Jüdischen Museum in Berlin zusammen mit ihrer Partnerin strahlend erklärte: *Wir sind ein Paar!* [53] Diese vier Worte waren wie eine Fanfare, die auch uns Kirchenfrauen angerührt hat – so habe ich den beiden spontan ein Danke geschrieben.

Da stellen sich die zwei in aller Öffentlichkeit hin und erklären *Wir sind ein Paar!*, nicht mehr und nicht weniger, und sprechen aus, was wir auch so gerne aussprechen würden.

Wieder ein einziger Satz mit großer Wirkung. Der Sympathiewert von Anne Will hat wohl kaum darunter gelitten. Ob Klaus Wowereit und Anne Will bewusst war, wie befreiend ihre wenigen Worte auch für viele andere waren, „Seelsorge" zum Aufatmen?

Die aus Tübingen stammende Kabarettistin Maren Kroymann hatte sich zwar schon Mitte der 90er Jahre geoutet, aber noch im Jahr 2021 beklagte sie, dass sich viele Künstlerinnen und Künstler nicht zu ihrer queeren Identität bekennen: *Es gibt da eine große Angst, zu sehr mit dem Thema assoziiert zu werden.*[54] So wie ihr noch nach 27 Jahren das Etikett „lesbisch" anklebe, als ob es etwas völlig Exotisches wäre. Bei aller gewachsenen Akzeptanz in der Gesellschaft ist es tatsächlich misslich, und das nicht nur für KünstlerInnen, wenn beim Namen als erstes an die sexuelle Orientierung gedacht wird.

Kroymann gehörte auch zu der Gruppe von 185 deutschen Schauspielern und Schauspielerinnen, die sich in der Gruppe #actout zusammengetan und 2021(!) gemeinsam öffentlich gemacht haben, dass sie schwul, lesbisch, bisexuell, queer, nichtbinär oder transsexuell* sind. In ihrem Manifest protestierten sie gegen den Umgang mit ihrer Orientierung und Identität vor allem in der Fernseh-Film-Industrie, in der ein Outing Folgen für Rollenbesetzungen und Karriere haben kann.[55] Noch 2021 erregte diese Aktion Aufsehen und einzelne Gruppenmitglieder wurden anonym bedroht. Stimmt vielleicht doch, wenn einer der Schauspieler meinte, *es gebe in der Mitte der Gesellschaft eine „nett verkleidete", konstante Schwulenfeindlichkeit?*[56]

Omas und Familienleben unterm Regenbogen

Im Januar 2008 wurden wir Omas!

Das kleine Mädchen, Tochter des Sohnes meiner Partnerin und seiner rumänischen Frau, kam sogar in Ebingen zur Welt. So hatten wir das Glück, dass wir ihre ersten Lebenstage sehr nah miterleben konnten, bevor wir sie dann häufig in Berlin und Mannheim besucht haben. Wir wurden leidenschaftliche Omas und haben das auch nicht verborgen. Wenn wir fortan von „unserer" Enkelin sprachen, war das ein Outing, das uns leichter fiel. *Oma* und *Bille-Oma* wird sie uns später nennen. Sie hat uns wohl von Anfang an als Paar wahrgenommen und eines Tages als etwa Vierjährige verschmitzt gefragt: *Seid ihr geheiratet?* Verstört war sie, als sie in der KiTa einmal glücklich von ihren Omas erzählte und eine Erzieherin meinte: *Zwei Frauen zusammen, das geht doch nicht.*

Wir sind sehr froh, dass wir auch nach der Trennung der Eltern einen intensiven Kontakt zu unserer Enkelin, nun in Wuppertal, halten konnten. Und für sie spielten die Omas auf der Alb in dieser Zeit wohl eine stabilisierende Rolle. Seit vielen Jahren verbringt sie nicht nur mit ihrer Mutter, sondern immer wieder allein Ferientage bei uns, mittlerweile in Tübingen, und scheint es auch als Teenagerin noch zu genießen – so wie wir.

Zu unseren Familien gehören natürlich auch Eltern und Geschwister, Nichte und Neffen, Tanten und Onkel.

Gerade auch das Älterwerden der Eltern begleiten wir gemeinsam. Als mein Schwiegervater starb, übernahm ich die Aussegnung am Totenbett zuhause und die Urnenbestattung. Als mein Vater 2014 starb, spielte B ihm am letzten Abend auf dem Keyboard im Pflegeheimzimmer Inventionen von Bach.

Schon zuvor hatte er ausdrücklich gewünscht, dass meine Partnerin mit Namen auf der Traueranzeige stehen soll, was aber oft bei gleichgeschlechtlichen Paaren aus kirchlichen Kreisen zum Problem wird, erst recht, wenn die Väter in der Landeskirche eine Position innehatten – bis hin zum Bischof … Bei mir war das dann auch das Outing in Heilbronn, wo ich in meiner Schulzeit gelebt habe.

Wir haben sehr wohl ein Familienleben und schätzen es hoch, sind eingebunden in die Großfamilie von vier Generationen und in die familiäre Sorgearbeit. Und ein Grund für unseren späteren Umzug nach Tübingen 2016 war ja auch, näher an unseren Familien zu sein.

Und so können wir nicht nachvollziehen, wie manche meinen, einen Gegensatz aufbauen zu müssen zwischen Familie und gleichgeschlechtlichen Beziehungen und in Homo-Partnerschaften gar eine Gefährdung der Familie sehen. Wie absurd ist das, durch die Aufwertung gleichgeschlechtlicher Partnerschaften eine Abwertung der Familie zu befürchten! Das geht so an der

Wirklichkeit vorbei, vielmehr gilt: *Familie haben alle*, selbst ohne Kinder, zumindest eine Herkunftsfamilie, wie der frühere EKD-Ratsvorsitzende Wolfgang Huber in einer der aufgeheizten Diskussionen um die Familie so klar und richtig feststellte.[57]

Außerdem wachsen in vielen gleichgeschlechtlichen Lebenspartnerschaften Kinder auf. Nicht wenige Partnerinnen und Partner bringen schon eigene Kinder mit, wenn sie eine gleichgeschlechtliche Beziehung eingehen. Andere bekommen dann ein Kind, meist durch künstliche Befruchtung.

Und viele gleichgeschlechtliche Paare sind bereit, Pflegekinder aufzunehmen oder fremde Kinder zu adoptieren. Doch das wurde selbst eingetragenen Partnerschaften zunächst verwehrt. Auch wenn ihnen seit 2004 die Stiefkindadoption möglich war und seit 2013 die Sukzessivadoption, blieb die gemeinsame Adoption eines Kindes ausgeschlossen.

Dass gleichgeschlechtliche Paare ein Kind bekommen oder adoptieren, wird von den gleichen Kreisen bekämpft, die eine Ehe von gleichgeschlechtlichen Paaren ablehnen – und zwar vor allem mit der Begründung, dass deren Beziehung nicht auf Fortpflanzung orientiert sei.

Ja, was nun? Wieder so ein Zirkel!

Und was ist mit den heterosexuellen Paaren, die keine Kinder wollen oder keine (mehr) bekommen können? Wer den Sinn eines Lebensbündnisses an der Fortpflanzung festmacht, blendet andere Werte einer verbindlichen Partnerschaft aus und ist fixiert auf die biologische Fruchtbarkeit.

Auch das beliebte „Argument", dass ein Kind Vater und Mutter brauche, um gut aufzuwachsen, übersieht die vielen alleinerziehenden Elternteile und ihre Kinder genauso wie die vielen Frauen aus der älteren Generation, die als alleinerziehende Mütter ihre Kinder nach dem Krieg großgezogen haben.

Gerne wird das „Kindeswohl" ins Feld geführt. Aber verschiedene Studien zu Kindern, die in sogenannten Regenbogenfamilien aufwachsen, zeigen, dass diese Furcht unbegründet ist, so auch die erste repräsentative wissenschaftliche Studie, die 2009 vom Bundesjustizministerium veröffentlicht wurde: „Die Lebenssituation von Kindern in gleichgeschlechtlichen Lebenspartnerschaften".[58] Danach entwickeln sich die Kinder nicht anders als in heterosexuellen Familien, auch was ihre sexuelle Orientierung betrifft. Es gibt sogar Vorteile wie die Entwicklung einer größeren Toleranz. Allerdings sehen sich Kinder aus Regenbogenfamilien häufiger Diskriminierungen ausgesetzt. Hier liegt das Problem!

Auch andere Autoren bestätigen, dass die kindliche Entwicklung nicht negativ beeinflusst wird, wenn Kinder mit zwei Müttern oder mit zwei Vätern aufwachsen, denn: *Entscheidend ist für Kinder, dass ihre Eltern sie lieben und sich um sie sorgen.*[59] Unter den rund acht Millionen Familien mit minderjährigen Kindern in Deutschland gibt es Ende 2020 laut Auskunft der Bundesregierung 0,1 Prozent Regenbogenfamilien mit gleichgeschlechtlichen Partnerschaften.[60]

Ein mit uns befreundetes Frauenpaar (zunächst rechtlich natürlich nur eine der Frauen) hat vor einigen Jahren einen eritreischen jungen Mann adoptiert, der als minderjähriger Flüchtling nach Deutschland gekommen war. Inzwischen im Beruf, verheiratet und Vater, vergisst er nicht, jedes Jahr am Muttertag seinen beiden *tollen Müttern* einen Blumenstrauß zu bringen, wie 2017 in einem schönen Porträt „Regenbogen überm Pfarrhaus" in „Publik-Forum"[61] zu lesen war.

Übrigens: Nachdem Stück für Stück die verbesserten staatlichen Regelungen zum Partnerschaftsgesetz in Kraft traten, stand nun auch verpartnerten Paaren der sogenannte Familienzuschlag zu. Da im jährlichen Infoblatt der kirchlichen Zentralen Gehaltabrechnungsstelle ZGast nicht darüber informiert wurde – aus Angst vor einer Debatte in der Landeskirche? –, erfuhr ich erst durch meine Nachfrage im Herbst 2012, dass das auch in der Kirche gelte und ich sogar Anspruch auf eine mehrjährige Nachzahlung hätte. Die betreffenden KollegInnen müssten sich aber selbst melden, weil ja nicht bekannt sei, wer verpartnert ist. Klar, das hatte der Oberkirchenrat ja gar nicht wissen wollen.

Ein Fall von Stalking

An einem Maimorgen 2010 zog ich in Ebingen einen Brief von meinem Ex-Mann aus dem Briefkasten – nahezu ein Vierteljahrhundert nach dem Ende unseres gemeinsamen Lebens. Es war die Kopie eines langen Briefes an den württembergischen Landesbischof, nachdem er offenbar beiläufig in der Stadt von einer Kollegin von mir – bis heute weiß ich nicht von wem – erfahren hatte, dass ich mit einer Frau zusammenlebe.

Dieser Brief versetzte mir einen Schlag. Schon immer hatte ich das untrügliche Gefühl gehabt, dass er besser nichts von meiner Beziehung zu einer Frau erführe. Das war ein weiterer Grund gewesen, warum B und ich in meiner Lustnau-Bebenhausen-Zeit uns so gut wie nicht öffentlich in Tübingen gezeigt haben.

Mit diesem Brief outete er mich bei der Kirchenleitung – er konnte ja nicht wissen, dass ich das bereits selbst getan hatte – und riskierte damit, mir beruflich zu schaden. Zudem fantasierte er manches über unsere Ehe und Trennung und bat den Bischof eindringlich, mich zu einem Gespräch mit ihm, meinem Ex-Mann, aufzufordern.

Nachdem ich im Jahr davor seinem mehrfachen Drängen auf ein solches Gespräch, in dem es gerade auch um meine Homosexualität gehen sollte, nicht nachgegeben habe, unternahm er nun diesen Versuch, mich dazu zu bringen.

Doch da bekam ich Rückenstärkung von den damit befassten Personen im Tübinger Dekanat und auf dem Oberkirchenrat.

„Für alle Fälle" informierte ich aber sowohl meinen Balinger Dekan als auch Kollegen und den KGR-Vorsitzenden in Ebingen – und weihte einen befreundeten Nachbarn ein. Auch wenn das alles natürlich nicht angenehm für mich war, war mir klar, dass ich mich so besser schützen könnte, falls er nicht aufgeben würde. Alle Jahre wieder gab es dann auch seinerseits einen Kontaktversuch, per E-Mail oder Brief oder auch Anruf, und im Frühjahr 2011 saß er tatsächlich bei mir im Gottesdienst in der Friedenskirche.

Es war, wie auch der Anwalt und die Supervisorin bestätigten, ein Fall von „Stalking" geworden. Manchmal stand ich kurz davor, Anzeige zu erstatten, habe aber doch davon abgesehen. Vielmehr versuchte ich immer wieder, diese Geschichte beiseite zu schieben und ihr nicht zu viel Raum in meinem Leben zu geben.

Als dann mein Ex-Mann bei meinem Luthervortrag in Tübingen im Frühjahr 2013 im Publikum saß, wollte er hinterher in aller Freundlichkeit ein Buch signiert haben. Ich dachte, jetzt lässt er mich in Ruhe, aber ein halbes Jahr später ging es wieder los. Die neue Taktik war, nach und nach bei mehreren Tübinger Pfarrern und Pfarrerinnen, von denen ich die meisten ja auch (noch) kannte, sein Leid zu klagen und sie zu bitten, mich zum Gespräch zu bewegen. Das hat mich natürlich jedes Mal wieder aufs Neue irritiert, wenn da ein Kollege anrief, ein anderer meinen Ex-Mann bestärkte, mir zu schreiben, ein Dritter mir eine E-Mail schrieb. Und ich hatte zumindest manchmal den Eindruck, dass sie sich – anders als die Kirchenleitung – doch von ihm etwas vereinnahmen ließen. Es war aber auch nicht leicht, sich der Wirkung seiner Äußerungen zu entziehen. Ich habe mich weiterhin nicht auf diese Gesprächswünsche eingelassen. Und ich habe auch darauf verzichtet, den KollegInnen gegenüber meine Version darzulegen, auch wenn ich leider davon ausgehen muss, dass es da manche Verleumdung und Rufschädigung gegeben hat. Ich wollte mich nicht tiefer in diese längst vergangene Geschichte hineinziehen lassen.

Dankbar bin ich dafür, dass mich alle kirchenleitenden Personen, mit denen ich in dieser peinlichen Angelegenheit zu tun hatte, mit Verständnis unterstützt haben. Es war wohl auch Glück, dass zufällig niemand von ihnen der pietistischen Gruppierung „Lebendige Gemeinde" angehörte.

Insgesamt sieben Jahre dauerte diese Belästigung und manchmal machte ich mir schon etwas Sorgen, wie das gehen soll, wenn wir in einigen Jahren nach Tübingen ziehen würden – obwohl mein Ex-Mann inzwischen in einem Vorort wohnte.

Dann musste er in ein Heim ziehen und lebte dort noch drei Jahre.

In der Todesanzeige in der Tübinger Zeitung stand – wohl auf seinen Wunsch – das Wort von Martin Luther King: *Tut uns an, was ihr wollt, wir werden nicht aufhören, Euch zu lieben.*[62]

2011–2016: „Es ist, was es ist, sagt die Liebe"– Von den Wirbeln in der Württembergischen Landeskirche und einer Atempause in Berlin

2011: Die Fußnote des EKD-Pfarrdienstgesetzes und der Aufruhr in der Landeskirche

Ach, was so eine Fußnote anrichten kann! Das hat viel aufgewühlt und uns ein Jahr enorm beschäftigt.

Die Fußnote zum § 39,1 des EKD-Pfarrdienstgesetzes, das die Anstellung von Pfarrerinnen bundesweit vereinheitlichen sollte und im November 2010 von der Synode der Evangelischen Kirche in Deutschland einmütig, auch mit Stimmen der Württemberger Delegierten, beschlossen worden war, lautete:

„Familiäres Zusammenleben" umfasse auch eingetragene Lebenspartnerschaften. Und das konnte doch tatsächlich als Öffnung des Pfarrhauses für homosexuelle Paare gedeutet werden. Da hatte die EKD im Vergleich zu 1996 einen Sprung gemacht, der aber Sprengkraft barg, wie die Reaktionswelle zeigte:

Vorneweg sahen sich acht evangelische Altbischöfe zu einem Offenen Brief im Januar 2011 an alle Mitglieder der Synoden der Evangelischen Kirche in Deutschland genötigt[63] – darunter gleich zwei vormalige württembergische (Dr. Theo Sorg und Dr. Gerhard Maier) und auch „mein" früherer Thüringer Bischof Dr. Werner Leich, der mich 20 Jahre zuvor am Einzugstag in Apolda mit einem persönlichen Schreiben willkommen geheißen hatte mit den Worten: *Für Sie selbst, aber auch für unsere Kirche ist dieser Tag von besonderer Bedeutung.*

Nun also sollte eine Ordination gleichgeschlechtlich Lebender und ihre Aufnahme in den Pfarrdienst ausgeschlossen sein.

Dieser Brief, in dem auch Worte wie *schöpfungswidrig* und *widernatürlich* fielen, erregte sogleich viel Widerspruch – nicht von unserer württembergischen Kirchenleitung. Aber klar protestierte unter anderem der ehemalige EKD-Ratsvorsitzende Manfred Kock, und „DIE ZEIT“ stellte dem sogenannten „Bannbrief gegen die Homo-Ehe im evangelischen Pfarrhaus“ die Haltung von acht liberalen TheologieprofessorInnen gegenüber.[64]

Am Konflikt um die Fußnote, der nicht nur in kirchlichen Medien ausgetragen wurde, schien sich auch die grundsätzliche Frage festzumachen, wie sich das Christentum zur Moderne verhält und sich auf gesellschaftliche Veränderungen einstellt.

Bis heute scheiden sich die Geister beim Thema „Homosexualität“ in fast allen Kirchen, auch weltweit in den Mitgliedskirchen des ÖRK (Ökumenischer Rat der Kirchen) und in der katholischen Kirche, wo der Streit im Frühjahr 2021 erneut aufgebrochen ist. Immer wieder wird dabei die Belastung für die Ökumene und die Bedrohung der Einheit in den Raum gestellt.

Wir aber haben den Offenen Brief als Bedrohung unserer beruflichen Existenz erlebt. Und als in diesem Zusammenhang die Öffentlichkeit von der bisher in Württemberg diskret verhandelten Einzelfalllösung erfuhr, kritisierte der Sprecher der „Lebendigen Gemeinde“, dass es derzeit in Württemberg *noch* (sic!) vier gleichgeschlechtliche Paare gebe, die mit Duldung des Oberkirchenrats im Pfarrhaus zusammenleben.[65] Was bedeutet *noch*, haben wir uns gefragt? Zum Glück war ich etwas aus der „Schusslinie“, weil ich nicht im „heiligen“ Pfarrhaus, sondern im Privathaus zusammen mit meiner Partnerin lebte.

Der Aufruhr in der württembergischen Kirche war besonders groß. Und aus nicht wenigen Stellungnahmen in „a+b“ (der württembergischen Zeitschrift „Für Arbeit und Besinnung“, die von kirchlichen Mitarbeitenden, vor allem von PfarrerInnen gelesen wird) und Leserbriefen im „Evangelischen Gemeindeblatt für Württemberg“ sprach eine Homophobie, ja manchmal geradezu ein Homohass, der uns erschrocken fragen ließ: Wieso hassen sie uns so? Woher kommt so viel Menschenfeindlichkeit im Namen des menschenfreundlichen Gottes? Theologisch war das nicht mehr erklärbar, allenfalls psychologisch.

Als ich Ende Januar 2011 auch noch einen Leserbrief für „a+b" schrieb, teilte mir die Redaktion mit, sie könnte diesen nicht mehr veröffentlichen, obwohl sie ihn toll fände. Sie hätte die Debatte (unangekündigt) beendet, um die Diffamierten zu schützen. Merkwürdig – hier der Leserbrief:

Derzeit wird im kirchlichen Blätterwald in manchen Artikeln heftig Stellung bezogen gegen homosexuelle Pfarrerinnen und Pfarrer. Vier Anmerkungen zur Debatte:

1. Die Unterscheidung zwischen betroffenen Menschen und ihrer Sexualität im Sinne der Unterscheidung von Person und Werk bzw. Sünder und Sünde ist hier nicht angemessen, denn sexuelle Liebe ist kein „Werk", sondern gehört zum Wesen der Person. Deshalb diskriminieren entsprechende Äußerungen nicht etwa „nur" das Verhalten der gleichgeschlechtlich Liebenden, sondern verletzen die Person.

2. In der Frage Homosexualität wird es vermutlich immer verschiedene Interpretationen der Bibel geben. Dort ist es allerdings ein Randthema. Man möge doch in der Diskussion darüber bitte nicht unter das Niveau der im Jahr 2000 im Auftrag des Oberkirchenrats herausgegebenen „Gesichtspunkte im Blick auf die Situation homosexueller kirchlicher Mitarbeiterinnen und Mitarbeiter" zurückfallen.

In den darin enthaltenen Empfehlungen der Arbeitsgruppe „Homophilie" werden zwei Interpretationen biblischer Texte gegenüber gestellt und in ihrer Gegensätzlichkeit stehen gelassen – als Grundlage für ein offenes Gespräch.

3. Unsere Kirche verstehe ich als Gemeinschaft der Verschiedenen, die auch in anderen Fragen unterschiedliche Meinungen ausgehalten hat, z.B. Frauenordination, Friedensfrage.Wer nun von drohender Spaltung redet, redet sie womöglich selbst herbei.

4. Für Jesus ist Homosexualität kein Thema.

In diesem Zusammenhang die Bekenntnisfrage zu stellen, halte ich deshalb für äußerst fragwürdig.

Vielmehr bin ich davon überzeugt: Wenn wir alle weniger Energie in die Auseinandersetzung um dieses Thema stecken und uns stattdessen mehr um Gerechtigkeit sorgen würden, dann kämen wir einen Schritt weiter in der Nachfolge Jesu.

Nicht nur wir hätten uns gewünscht, dass die Kirchenleitung dem Hass früh klar und öffentlich entgegengetreten wäre.

Viele Briefe aus pietistischen Kreisen landeten auch direkt beim Landesbischof. Es wurde immer wichtiger, dass auch die anderen an ihn schrieben. Und so wuchsen die Pro- und Contra-Stapel im Bischofsbüro immer höher.

In der aufgeheizten Debatte dieses Jahres erfuhren wir aber auch viel Solidarität auf allen Ebenen, durch das Bündnis für Kirche und Homosexualität BKH und nicht zuletzt durch den Württembergischen Pfarrverein, der schon im Jahr zuvor das Thema Homosexualität und Segnung beim Tag der Württembergischen Pfarrerinnen und Pfarrer auf die Tagesordnung gesetzt hatte und der nun uns betroffenen KollegInnen ausdrücklich seinen Schutz und Unterstützung zusicherte. Manche fragten einfach mal nach, wie es uns eigentlich geht. Das tat gut und machte Mut.

Auch wenn in dieser Diskussion vor allem PfarrerInnen und das Pfarrhaus im Mittelpunkt standen, betraf sie doch auch die vielen mehr oder weniger verdeckt lebenden gleichgeschlechtlich liebenden ChristInnen in den Gemeinden. Auch für sie waren viele dieser Äußerungen sehr verletzend. Wer weiß, wie viele sich damals still und leise von der Kirche verabschiedet haben.

Andererseits war klar: Wenn das „Symbol“ Pfarrhaus für gleichgeschlechtlich L(i)ebende geöffnet wird, dann wirkt sich das auch positiv auf die lesbischen und schwulen Gemeindemitglieder aus, dann werden viele eher den Mut haben, sich nicht mehr zu verstecken und sich eher zugehörig fühlen.

In diesem Jahr 2011 gab es noch drei Begebenheiten, die für mich von Bedeutung waren und je auf ihre Art aufregend:

Wenn „Frau Pfarrerin eine Frau liebt“ – so titelte am 13. Februar (Ausgabe 7/2011) das Evangelische Gemeindeblatt für Württemberg, das mit dem Thema „Homosexualität“ schon lange offen umging, insbesondere deren Chefredakteurin.

Mit einem Dutzend Exemplaren unterm Arm ging ich damit in die nächste Kirchengemeinderatssitzung. Mithilfe des Gemeindeblatts outete ich mich also endlich in diesem Gremium, auch wenn es die meisten wohl schon vermutet hatten, dass wir nicht nur eine Frauen-WG waren. Ich bot Gespräche an, persönlich oder im Kirchengemeinderat. Und ich bat darum, sollten die Kirchengemeinderätinnen darauf angesprochen werden, offen damit umzugehen und Gemeindemitglieder bei Gesprächsbedarf an mich zu verweisen. Es ist nie dazu gekommen. Auch im Gremium herrschte eine – wenn auch wohlwollende – Sprachlosigkeit, aber der Vorsitzende bat ausdrücklich darum, *in dieser Angelegenheit fest hinter Pfarrerin Biermann-Rau zu stehen*. Das hat mich natürlich gefreut.

Es war mir wichtig, Klarheit zu schaffen, weil (etwas kompliziert) jetzt nach fünf Jahren meine Ernennung auf die 75 Prozent bewegliche Stelle zu Ende ging und ich nun offiziell vom Kirchengemeinderat gewählt werden müsste, wenn ich mich auf die nun eingerichtete 50 Prozent ständige Pfarrstelle an der Friedenskirche „bewerben" wollte. Auch wenn das schon kurios war, so wurde es zum ersten Mal eine „offene" Bewerbung, und mir wurde sehr deutlich, welchen Unterschied es macht, unter dieser Voraussetzung gewählt zu werden.

Meine Lebensform wurde in der Gemeinde nicht an die „große Glocke" gehängt, aber nicht selten waren doch ein Fünftel der nicht allzu großen Gottesdienstgemeinde in der Friedenskirche schwule Männer. Sie saßen neben pietistischen Gemeindemitgliedern und standen nebeneinander beim Abendmahl, aber es war ein schweigendes sprachloses Nebeneinander und kein offenes wahrnehmendes Miteinander.

Im Mai kam eine Frau aus einer anderen Kirchengemeinde auf eine Empfehlung zu mir, weil sie Angst hatte, zu ihrem Gemeindepfarrer zu gehen und dort auf Ablehnung zu stoßen. Sie war in schlimmen Nöten, da sie erkannt hatte, dass sie eine Frau liebt, obwohl Homosexualität in ihrem pietistischen Umfeld, in ihrem Hauskreis und in ihrer Familie verurteilt wurde. Ein evangelischer Klinikseelsorger (außerhalb Württembergs) habe ihr gesagt, sie werde von Jesus nicht verurteilt, solange sie ihre Liebe nicht lebt. Wenn nicht der katholische Klinikseelsorger ihre Homosexualität akzeptiert hätte, würde sie wohl nicht mehr leben, meinte sie. Sie war umgetrieben von der Frage, ob Jesus sie ablehnt. Dass Jesus sich dazu überhaupt nicht äußert, hörte sie von mir zum ersten Mal. Und selten habe ich erlebt, wie ein Mensch in einem Seelsorgegespräch so spürbar aufgeatmet hat, als ich ihr vom badischen Bischof Ulrich Fischer erzählte, der gerade im April vor seiner Synode erklärt hatte, praktizierte Homosexualität sei für ihn keine Sünde, wenn sie verantwortlich, verlässlich und verbindlich (die drei „V") gelebt werde. Diese Begegnung war für mich Anlass für einen Brief an unseren Bischof, zeigte sie doch, wie wichtig ein klares öffentliches Wort sein kann.

Gerne gab ich dieser Frau die Adresse von „Zwischenraum" weiter, einer Initiative für gleichgeschlechtlich liebende Menschen mit evangelikalem, charismatischem oder pietistischem Hintergrund, die als Christen leben wollen und einen angstfreien Raum brauchen. Bemerkenswert ist, dass der Gründer von „Zwischenraum", Günter Baum, zuvor den deutschen Zweig der Organisation „Desert Stream" / „Wüstenstrom" gegründet hatte, die das Ziel vertrat, Homosexuelle durch therapeutisch-seelsorgerliche Hilfe zu „heilen". Da sich die „Heilung" bei ihm selbst trotz aller Bemühungen nicht einstellen wollte, verließ er „Wüstenstrom".[66]

„Zwischenraum" (www.zwischenraum.net) hat verschiedene Regionalgruppen, auch eine in Stuttgart, die sich einmal monatlich am Sonntagnachmittag trifft bei Kaffee und Kuchen zu Austausch und Singen, Gebet und Bibelarbeit.

Im Juni stand der jährliche Pfarrkonvent an, bei dem alle Pfarrerinnen und Pfarrer des Kirchenbezirks 3 bis 4 Tage an einem auswärtigen Ort verbringen – möglichst in entspannter Gemeinschaft. Für mich war die Teilnahme weniger entspannt, nachdem sich zwei Kollegen in der Frühjahrsdebatte in aller Schärfe gegen uns hervorgetan hatten, und das signalisierte ich auch im Vorfeld dem Balinger Dekan (Mitglied der „Offenen Kirche"). Auf dem

Konvent kommentierte er die Debatte so: *Wenn Kollegen solche Äußerungen über homosexuelle PfarrerInnen machten, mögen sie doch bedenken, eine/r davon könnte neben ihnen sitzen.* Diese Rückendeckung erleichterte es mir, mich zu outen, zwar nicht gegenüber diesen beiden Kollegen – das wollte ich mir nicht antun –, aber doch gegenüber einigen anderen, als wir beim Abendessen auf das Thema kamen. Viel Solidarität am Tisch zu spüren, tat nicht nur mir sehr gut. Mir fiel auf, wie interessiert und mit strahlenden Augen zwei junge KollegInnen zuhörten. Was ich ahnte, hat sich später bestätigt, sie sind homosexuell.

Natürlich bedeutete auch der Pfarrkonvent drei Jahre später mit dem Thema „Familie zwischen Wunsch und Wirklichkeit“ wieder eine spezielle Anspannung für mich, auch wenn die große Mehrheit offen-verständnisvoll in Bezug auf Homosexualität dachte. Aber zwei Kollegen waren eben Vorstandsmitglieder der streng pietistischen PfarrerInnenvereinigung „Confessio“, zu der rund 100 württembergische Mitglieder gehörten und die sich wiederholt und vehement zum „Thema“ äußerte. Wie soll ich mich verhalten, wenn die Rede auf Homosexualität kommt? Soll ich mich outen oder verdeckt in die Debatte hineingehen, schweigen oder lieber gleich den Raum verlassen? Der neue Dekan hätte Verständnis gehabt, wenn ich erst gar nicht oder nur teilweise auf den Konvent gekommen wäre, aber das schien mir auch keine Lösung.

Doch nicht nur die mehrtägigen Pfarrkonvente, auch das Pastoralkolleg, zu dem die württembergischen PfarrerInnen alle zehn Jahre eingeladen werden, waren für mich ein Problem. Ich fürchtete die Außenseiterposition, egal, ob ich mich outete oder nicht, und so habe ich dieses intensive zweiwöchige Zusammensein in einem kleinen Kreis von KollegInnen vermieden. Als ich drei Jahre vor dem Ruhestand zum ersten Mal (!) das Pastoralkolleg besuchte und mich gleich zu Beginn offen vorstellte, war nur ein Kollege von der pietistischen Seite dabei. Bei diesem Kurs wurde mir deutlich, was ich da leider auch zweimal in meinem Berufsleben verpasst hatte.

Und wie ging es 2011 weiter mit der „Fußnote“ des EKD-Pfarrdienstgesetzes, die gerade auch in Württemberg zu Jahresanfang so viel Aufruhr verursacht hatte?

Nachdem die Landessynode schon im Frühjahr darüber diskutiert hatte, gab es im Oktober einen Studientag der Synode zum Thema „Homosexualität“ in Bad Boll. Der LSK hatte – wen wundert's – vergeblich um eine Teilnahme-Möglichkeit gebeten.[67]

Und dann kam überraschend für uns das Thema „Zusammenleben im Pfarrhaus“ auf die Tagesordnung der Novembersynode, und wir konnten den Zeitungen entnehmen, dass alle vier synodalen Gesprächskreise nach abschließenden (!) Voten zugestimmt hätten, die seit elf Jahren praktizierte Einzelfalllösung in Württemberg auch bei Übernahme des EKD-Pfarrdienstrechts beizubehalten, was bedeutete: Im Grundsatz ist das Zusammenleben eines gleichgeschlechtlichen Paares im Pfarrhaus nicht möglich! Kurzerhand wurde da also ein Schlussstrich gezogen in einer Frage, die uns existenziell berührt. Und eigentlich wollten wir nicht länger als „Ausnahmefall“ behandelt werden, abhängig von der Entscheidung des Oberkirchenrates, sondern wollten uns wie alle Kolleginnen und Kollegen offen auf eine Gemeindepfarrstelle bewerben können und die Entscheidung dem jeweiligen Besetzungsgremium überlassen. Aber nun war die Sache „gelaufen“.

Der LSK reagierte empört mit einer Presseerklärung, die auch im Evangelischen Gemeindeblatt ausschnittsweise veröffentlicht wurde, aber ansonsten konnten wir nun unsere Hoffnung begraben, vor einer Abstimmung noch mit den SynodalInnen aller Gesprächskreise ins Gespräch zu kommen.[68] Wohl bedankte sich der Landesbischof vor der Synode ausdrücklich bei den betreffenden Kolleginnen und Kollegen für ihren Dienst in der Landeskirche und stellte damit die Eignung von Homosexuellen als Pfarrerin oder Pfarrer nicht in Frage. Wenn es aber keine religiös-theologischen Gründe gegen unseren Dienst gab, stellte dann nicht die Verweigerung des Zusammenlebens im Pfarrhaus in juristischer Sicht einen Fall von Diskriminierung dar, einen

Verstoß gegen das „Allgemeine Gleichbehandlungsgesetz“ von 2006? Das hätte sich nur auf juristischem Weg prüfen lassen.

Nach dieser Geschichte fragte ich mich: Was ist mit der Synode los, die eine Entscheidung fällt, ohne die „ExpertInnen“ anzuhören? Das ist nicht nur unprofessionell. Ist diese mangelnde Gesprächskultur und Verweigerung von Begegnung nicht einer Kirche unwürdig?

Was ist mit der Offenen Kirche los, die doch solidarisch mit uns ist und immer wieder Zeichen gesetzt hat, so auch 2009 mit der Verleihung des AMOS-Preises an Herta Leistner? Warum sieht sie sich genötigt, „schweren Herzens“ zuzustimmen, obwohl die Entscheidung auch ohne sie zustande gekommen wäre?

Und was ist mit dem LSK los? Wieso finden wir nur mühsam zu einer gemeinsamen Reaktion, obwohl uns so eine existenzielle Frage verbindet?

So war ich ziemlich frustriert am Ende dieses Jahres 2011. Zum ersten und einzigen Mal konnte ich den Weihnachtsgottesdienst nicht halten, da ich mit einer Lungenentzündung zuhause lag. Und so las ich am Weihnachtsabend, während die anderen in der Kirche waren, unserer vierjährigen Enkelin Bilderbücher vor.

Aufatmen in der Berliner Luft

An Ostern konnte ich wieder aufatmen.

Das Studiensemester, das in Württemberg jeder Pfarrerin und jedem Pfarrer einmal im Berufsleben zusteht, wollte ich ab Osterdienstag in Berlin verbringen. Das Sommersemester 2012 passte gut als „Zäsur“, sowohl für mich, zumal zu Jahresbeginn meine Pfarrstelle in eine halbe Stelle umgewandelt worden war, als auch für B, die gerade in den Ruhestand gegangen war.

Und so lebten wir 14 Wochen zusammen in einer Hinterhauswohnung auf dem Prenzlauer Berg unweit des Kollwitz-Platzes, in einer anderen Welt und weit weg von Württemberg.

Studienmäßig waren wir ziemlich unterschiedlich unterwegs, ich an der Theologischen Fakultät nahe des Berliner Doms und mit einem Seminar der Freien Universität dem jüdischen Berlin auf der Spur, sie in Dahlem bei Musikwissenschafts-Vorlesungen und als Sängerin in „Mendelssohns" Singakademie.

Und zusammen genossen wir die Berliner Luft, nicht zuletzt auch mit den Angeboten für lesbische Frauen.

Hier trauten wir uns, in einem Neuköllner Hinterhof einen Tanzkurs zu machen und als Frauenpaar tanzen zu gehen. So manchen Sommerabend verbrachten wir in der Strandbar Mitte am Spreeufer gegenüber dem Bode-Museum, wo Jung und Alt, Einheimische und Fremde, Hetero- und Homomenschen ohne jeglichen Dresscode friedlich und freundlich miteinander und nebeneinander tanzen oder beim Tanzen zuschauen – beispielsweise, wenn ein schwules Paar in kurzen Hosen überraschend elegant einen Tango auf den Holzboden legt. Und auf den vorüberfahrenden Schiffen wurden unzählige Kameras gezückt.

In Berlin trauten wir uns auch endlich, zu einem Goldschmied zu gehen und uns „Trau"ringe an die Finger zu stecken. Tatsächlich schien uns das vorher zu augenfällig, zumal ja die Chorsängerinnen und Instrumentalisten unbedingt auf die Hände der Dirigentin schauen sollten.

In der Berliner Luft konnten wir frei atmen, wir konnten einfach Gesicht zeigen und authentisch leben. Schwul oder lesbisch zu sein, war kein Aufreger in der Stadt, in der der Superintendent zum Gottesdienst am Christopher Street Day in die Marienkirche einlädt. Und im Programm war ausdrücklich zu lesen: *Wenn Sie für Ihre Partnerschaft Gottes Segen erbitten möchten, dann haben Sie dazu in allen Gemeinden der Evangelischen Kirche Berlin-Brandenburg-schlesische Oberlausitz die Möglichkeit, einen entsprechenden Gottesdienst zu feiern. Form und Ablauf entsprechen dem einer kirchlichen Trauung.* Wie wohltuend und befreiend war das.

In Berlin traute ich mich auch zum ersten Mal, mir den CSD-Umzug anzusehen und war ziemlich überrascht. Die jährliche

Berichterstattung in den Medien ist doch sehr verkürzt und konzentriert sich auf diejenigen, die sich möglichst schrill und nackt präsentieren. Ein etwas schräges Bild, das wahrscheinlich die Fantasien beflügeln soll, wird da vermittelt. Tatsächlich waren die meisten in ihrer Alltagskleidung dabei, politische Parteien, Betriebe und verschiedene Gruppen nahmen zu Fuß oder mit großen Wagen teil, um ihre Solidarität zu demonstrieren und politische Anliegen zu vertreten.

Es war ein großes, vielfältiges und tolerantes Miteinander von Menschen, den Heterosexuellen und „den anderen“, seien sie homo- oder bisexuell, transident, intersexuell, queer.

Meinen Eindruck habe ich damals so verdichtet:

Berliner Luft:
Es ist normal,
verschieden zu sein
Viele zeigen ihr Gesicht
ohne Masken

Selbst in der Kirche
weht der Geist,
der Grenzen überwindet
und Fremde willkommen heißt:

Gesegnet sind die
wahrhaft Liebenden

Fünf Jahre später beteiligte sich in Berlin auch die evangelische Kirche zum ersten Mal mit einem eigenen Truck an dieser Parade und warb für die kirchliche Trauung für gleichgeschlechtliche Paare, die im Jahr zuvor offiziell in der Evangelischen Kirche Berlin-Brandenburg-schlesische Oberlausitz (EKBO) eingeführt worden war.

Trotz unserer guten Erfahrungen sollte diese Stadt nicht der Ort für unseren gemeinsamen Ruhestand werden. Sie lag zu weit weg von all unseren persönlichen Bindungen. So fiel die Entscheidung, in ein paar Jahren nach Tübingen zu ziehen. Abgesehen davon, dass es grundsätzlich empfehlenswert ist, als Pfarrerin und langjährige Kirchenmusikerin nicht am letzten Dienstort wohnen zu bleiben, hofften wir, in Tübingen freier leben zu können und mehr Menschen zu treffen, die mit unserer Lebensform nicht fremdeln würden.

Berlin blieb ein Reiseziel.

Als wir drei Jahre später dort den Boulez-Klavierabend von Bs Sohn im Rahmen der Osterfestspiele besuchten und am Dienstag der Karwoche zurück nach Stuttgart fliegen wollten – offensichtlich war da unser ökologisches Problembewusstsein in Bezug auf Inlandsflüge noch nicht sehr ausgeprägt –, kam es zu einer überraschenden Begegnung: Nachdem wegen eines heftigen Sturms der Abendflug stundenlang verschoben wurde, kam ich in der Warteschlange ins Gespräch mit einer jüngeren Frau. Erstaunlich schnell gab sie sich als eine lesbische Jüdin zu erkennen. Dass B und ich ein Paar sind, hat sie sich ja denken können, dass ich mich viel mit dem Judentum beschäftige, hat sie womöglich intuitiv gespürt. Gerade hatte ich in Berlin zum ersten Mal die 93-jährige Dietgard Meyer besucht, ehemalige Schülerin und spätere Freundin von Elisabeth Schmitz, über die ich eine Biografie schreiben wollte (Elisabeth Schmitz – Wie sich die Protestantin für Juden einsetzte, als ihre Kirche schwieg). Gastfreundlich lud sie uns zu sich nach Hause ein für den Fall, dass es mit dem Flug heute nichts mehr würde, was ich daraufhin beinahe wünschte. Während der Flieger dann doch noch kurz vor Mitternacht durch den nächtlichen Himmel rauschte, unterhielten wir drei uns sehr angeregt. Sie erzählte uns nicht nur, wie sie mit Freundinnen am kommenden Freitag den jüdischen Seder-Abend am Vorabend des Passahfestes mit einer feministischen Liturgie feiern würde, sondern wir hörten auch mit großem Interesse, dass die liberale Rabbinerin Elisa Klapheck in Frankfurt Homo-Paare segnet.

In Klaphecks Autobiografie „Wie ich Rabbinerin wurde" las ich später dazu:

Gerade zu diesem Thema hatte ich mich gleich nach meiner Ordination positiv geäußert, indem ich die erste Homo-Beziehung in der jüdischen Geschichte in Deutschland mit einem Brit Ahuwim – einem „Bund der Liebenden“ – gesegnet hatte. Ich machte dabei deutlich, dass es um das Kriterium der „Heiligkeit“ gehe. Eine um Heiligkeit bewusste Liebesbeziehung sei ich als Rabbinerin bereit zu segnen – egal welches Geschlecht die Partner haben. Unheilige Beziehungen der Ausnutzung, Lieblosigkeit oder auch der Unterdrückung und des Zwangs lehnte ich hingegen ab, selbst wenn die Partner hetero und jüdisch sind.[69]

Klare Worte von jüdischer Seite. Ebenso ermutigend die englische Rabbinerin Irit Shillor, die auch eine Zeitlang in der liberalen jüdischen Gemeinde in Hameln tätig war und 2017 als 67-Jährige Hochzeit mit ihrer Frau in der Harlow Synagoge gefeiert hat.[70]

Auch für diese jüdischen Menschen sind Homosexualität und ihr Glaube, der sich auf das Alte Testament / die Hebräische Bibel bezieht, kein Widerspruch, weil sie die biblischen Aussagen historisch-kritisch interpretieren.

„Homophobie ist heilbar – Homosexualität nicht!“

So eine Parole auf dem CSD-Umzug 2012 in Berlin.

Ist Homosexualität genetisch bedingt und/oder lebensgeschichtlich geprägt, naturgegeben oder nicht? Fakt ist, dass Homosexualität in der Tier-und Menschenwelt vorkommt. Die Frage nach der Ursache ist für manche eine wichtige Frage.

Gerade in fundamentalistischen Kreisen wird die Auffassung vertreten, es gäbe keinerlei wissenschaftlichen Beweis, dass homosexuelles Verhalten auf eine angeborene, natürliche Disposition zurückzuführen sei. Die Ursache wird vielmehr in Negativerfahrungen gesehen und daher Homosexualität als eine Abweichung von der natürlichen Veranlagung des Menschen.

Aber psychologische und psychoanalytische Erklärungsversuche zur Homosexualität gehören heute meist der Vergangenheit an, und die Erkenntnis hat sich weitgehend durchgesetzt: *Weder bestimmte Persönlichkeitsausprägungen des Vaters oder der Mutter noch Erziehungsfehler und -mängel können bewirken, dass Menschen homosexuell werden.*[71] Dass unser Lieben immer auch lebensgeschichtlich geprägt und je nachdem auch belastet ist, das gilt für homosexuell liebende Menschen nicht anders als für heterosexuell liebende.

Der „Lesben und Schwulen Verband Deutschland“ LSVD wendet sich in seinem informativen Link „Was ist Homosexualität? Antworten zu Lesben und Schwulen“ gegen eine monokausale Betrachtungsweise sowie gegen die Vorstellung, die sexuelle Orientierung sei beeinflussbar:

> *Es ist absurd, komplexe Verhaltensmuster wie die menschliche Liebesfähigkeit oder die sexuelle Identität monokausal auf genetisch-biologische Ursachen zurückführen zu wollen. Es scheint, dass sexuelle Orientierung das Ergebnis einer komplexen Mischung aus biologischen, psychologischen und sozialen Faktoren ist. […]*
>
> *Nur über eines sind sich die meisten Wissenschaftler*innen heute einig: Die sexuelle Ausrichtung steht sehr frühzeitig fest, lange vor der Pubertät. Ob wir homo-, bi- oder heterosexuell sind, liegt außerhalb unserer Einflussmöglichkeiten und unseres Willens. Die sexuelle Orientierung kann nicht beeinflusst werden. Genauso wenig wie die Tatsache, mit welcher geschlechtlichen Identität man sich wohl fühlt. Was man aber ändern kann, ist der gesellschaftliche Umgang damit. […]*
>
> *Lesben und Schwule erleben nach wie vor Vorurteile und negative Reaktionen bis hin zu Gewalt. Warum sollten sie sich etwas aussuchen, was ihnen den Alltag erschwert? Können denn Heterosexuelle entscheiden, in wen sie sich verlieben oder wen sie sexy finden?*[72]

Vielleicht bleiben viele pietistisch geprägte Menschen so verkrampft und gegen wissenschaftliche Erkenntnisse bei der Annahme, es sei eine freie Entscheidung bzw. eine Willensfrage, weil sie sich dann besser im Glauben wiegen können, dass ihnen oder ihren Angehörigen so etwas ja nicht „passieren" könne.

Dass es aber eigentlich nicht weiter von Belang sei, inwieweit die sexuelle Orientierung schon vor der Geburt festgelegt ist oder erst durch unterschiedliche Faktoren in der Kindheit und Jugendzeit ausgeprägt wird, meint Isolde Karle zu Recht, denn:

> *Menschen erleben sich subjektiv als hetero-, homo-, trans- oder auch bisexuell empfindend. Dieses Empfinden hat nichts mit einer subjektiven Willensentscheidung zu tun. Selbst wenn es lebensgeschichtlich zu einer Revision der sexuellen Orientierung kommt, spielen kognitive Willensprozesse dabei nicht die entscheidende Rolle. Sexuelles Empfinden ist viel zu komplex, um es willentlich über Entscheidung steuern oder herbeiführen zu können. Die sexuelle Identität ist Teil der Personalität des Menschen und als solche zu würdigen und zu achten.*[73]

Homosexualität ist eine Gegebenheit, wie ich es bevorzugt nenne, zumal da die positiv besetzten Worte „Begabung" und „Gabe" mitschwingen.

Aber erst seit 2019 sind in Deutschland Konversionstherapien an Minderjährigen verboten.

Und die Verführungstheorie ist mittlerweile wissenschaftlich als Vorurteil entlarvt: *Man kann wohl zu homosexuellen Handlungen verführt werden, nicht aber zu wirklichem homosexuellen Fühlen und Empfinden.*[74]

Schließlich: Die verbreitete Meinung, dass Homosexuelle häufiger als andere Erwachsene eine „Vorliebe" für Kinder hätten, wird auch widerlegt: *Allein die Statistiken des Kindesmissbrauches, nach denen zu neunzig Prozent Mädchen von Männern missbraucht werden und zahlreiche Vergewaltiger von Jungen eigentlich heterosexuell orientiert sind, strafen solche Märchen Lügen.*[75]

Sexueller Missbrauch ist ein schlimmes Verbrechen, das von Hetero-und Homosexuellen, von Alleinstehenden und von Familienvätern und manchmal auch -müttern ausgeübt wird. Auch wenn heterosexuelle Männer dabei die größte Gruppe sind, käme niemand auf die Idee, deshalb Heterosexualität zu disqualifizieren.

Die Ursachenforschung wird von den meisten Lesben und Schwulen allerdings kritisch gesehen: *Aber warum wird eigentlich verzweifelt nach einem Grund für Homosexualität gesucht …? Spannender und wichtiger wäre zu erforschen, warum Menschen Lesben und Schwule ablehnen oder ausgrenzen oder diskriminieren.*[76] Dass das Verdrängen von eigenen homophilen Anteilen die Abwehr verstärken kann, ist ein bekannter psychologischer Mechanismus. So folgt wohl bei manchen die Theologie der Psyche, erst recht, wenn sie mit großer Vehemenz vorgetragen wird.

Angst oder Hass in der Begegnung mit Homosexualität sollten also immer hellhörig werden lassen, weil sie stets auf einen blinden Fleck der Selbstwahrnehmung hinweisen, so Bürger, und selbst die EKD-Orientierungshilfe schrieb schon 1996, es gebe *in der Gesellschaft – und teilweise auch bei homosexuell geprägten Menschen selbst – viele Formen emotional, ästhetisch, ethisch oder religiös bedingter Ablehnung von Homosexualität, die auch mit einem ungeklärten Verhältnis zur eigenen Sexualität zu tun haben kann.*[77]

In der katholischen Kirche hat das noch einmal eine besondere Brisanz, da man von einer überdurchschnittlichen Zahl von Homosexuellen unter den Priestern ausgeht – dazu der Theologe und Psychoanalytiker Bernd Deininger: *Viele lehnen leider, wie so manche Kardinäle in Rom, genau das ab, was sie innerlich spüren und wofür sie sich schämen.*[78]

Ja, Homophobie hat wohl auch mit der Angst um die eigene Identität zu tun. Der ehemalige EKD-Ratsvorsitzende Nikolaus Schneider sagt es so: *Sobald wir über Sexualität reden, redet jeder indirekt über sich selbst. Manche, die besonders aggressiv auf Homosexualität reagieren, sehen ihre eigene Identität infrage gestellt. Andere mussten sich zur Einhaltung einer vermeintlich göttlichen Norm zwingen, wären gerne einen anderen Weg gegangen, nun sehen sie ihren Verzicht infrage gestellt. Ich verstehe ihre Verunsicherung.*[79]

Dass Homophobie unter Umständen auch Eigenes abwehrt, zeigt die Geschichte von Rachel: Rachel, Jahrgang 1946, verheiratet, vierfache Mutter und mehrfache Großmutter, verliebt sich mit knapp 60 Jahren in eine Frau, eine wesentlich jüngere Mitarbeiterin, die sie eigentlich auf den „richtigen" Weg zu Jesus bringen wollte. Ihr Leben lang hatte sie vehement die Sichtweise vertreten, Homosexualität sei Sünde und sollte unter Strafe gestellt werden. Und nun wird die Begegnung mit dieser Frau für Rachel zur Zerreißprobe. Ihre besten Freundinnen wähnen sie „vom Teufel verführt", aber sie steht zu ihrer Liebe des Lebens. Ihr Lebensbericht endet: *Ich bin lesbisch und stehe dazu! Es ist für mich das Natürlichste und Normalste auf der Welt. Schließlich habe ich auch ein neues Verständnis und eine noch tiefere Beziehung zu Gott und zu seiner endlosen Gnade bekommen. Wer hätte das gedacht?*[80]

Eine (zu) späte Begegnung mit der „Synode" und jährlich wiederkehrende Wirbel in der Landeskirche

Im Januar 2013 (über 18 Jahre nach der Synode in Reute und fast zwei Jahre, nachdem wir darum gebeten hatten) kam es auf Initiative des Landesbischofs endlich zu einer „freiwilligen" Begegnung von etwa 30 der 90 SynodalInnen (leider nur fünf [!] aus der größten Synodalgruppierung, der pietistischen „Lebendigen Gemeinde") mit einem Dutzend lesbischen Pfarrerinnen (samt zwei Partnerinnen) und schwulen Pfarrern aus dem LSK, dazu noch ein paar KirchengemeinderätInnen und Mitglieder des Oberkirchenrats.

Es gab Raum für kurze Dreiergespräche in vielfach wechselnden Gruppen und Zeit für Kleingruppen, in denen wir einfach persönlich erzählen konnten und auch befragt wurden. Uns wurde zugehört und wir wurden gesehen.

Einer der SynodalInnen war „mein" neuer Dekan, der zur Mitte-Gruppierung „Evangelium und Kirche" gehörte und mir einige Monate später erklärte, diese Begegnung hätte bei ihm einiges in Bewegung gebracht.

Ob das auch bei der konservativen Synodalpräsidentin der Fall war, weiß ich nicht, sie war nur noch wenige Monate im Amt. Bei dem Treffen drückte ich ihr das oben erwähnte Buch von Valerie Hinck in die Hand, in der Hoffnung, das könnte für pietistisch geprägte Menschen ein Zugang sein.

Wie aufregend das war, hier nun Gesicht zu zeigen, zeigte mir mein Traum wenige Tage zuvor: *Ich klettere einen steilen Felsenabhang hinauf, unter mir das Meer. Mir ist klar: Wenn ich den nächsten Schritt und die nächste Hand nicht richtig „setze", dann stürze ich in den Abgrund. Das macht mir Angst und so gehe ich dieses Risiko nicht ein, sondern gehe den Bergpfad zurück.* Ja, es war eine Gratwanderung, als lesbische Pfarrerin in Württemberg zu leben. Es schien mir, als ob die alte tiefsitzende Angst vor dem Absturz angesichts der Begegnung mit den SynodalInnen reaktiviert worden wäre.

Und so war es auch ein mutiger Schritt, als im Jahr darauf zwei lesbische Kolleginnen und ein junger schwuler Kollege Gesicht zeigten in der Zeitschrift „a+b" (Für Arbeit und Besinnung vom 1.9.2014), mit Foto und vollem Namen und einem offenen Interview.

In der neuen Landessynode (Ende 2013–2019), in der die progressive „Offene Kirche" OK immerhin fünf Sitze hinzugewann,[81] wurde leider eine solche gelungene Begegnung wie Anfang 2013 nicht mehr wiederholt.

Anstatt Begegnungen, anstatt theologischen und offen ausgetragenen Diskussionen, anstatt angstfreien Gesprächen geschah anderes: Es gab jährlich wiederkehrende Wirbel in der Landeskirche zu unserem „Thema".

Nichts wäre uns lieber gewesen, als einfach in Frieden leben und arbeiten zu können, ohne dass unsere Sexualität und unsere Lebensform immer wieder problematisiert worden wären. Und wir wünschten uns für uns und andere, sich anderen wichtigen Themen zuwenden zu können.

Doch Jahr für Jahr wirbelte es durchs Ländle. Und was im Rückblick anmutet wie *the same procedure as every year*, was für Außenstehende geradezu langweilig erscheinen mag, konnten wir nicht so gelassen nehmen, als wir mittendrin waren, und es ging auch nicht spurlos an uns vorüber.

Hat es einen Schritt weitergebracht? Und wenn, um welchen Preis an Zeit und Kraft und Verletzungen?

Im Jahr 2013 war der Auslöser die Orientierungshilfe des Rats der EKD „Zwischen Autonomie und Angewiesenheit – Familie als verlässliche Gemeinschaft stärken". Gemeint waren alle Formen von Familien, einschließlich Patchworkfamilien und homosexuellen Partnerschaften.

Nicht die Form ist das entscheidende Kriterium, sondern: *Protestantische Theologie unterstützt das Leitbild der an Gerechtigkeit orientierten Familie, die in verlässlicher und verbindlicher Partnerschaft verantwortlich gelebt wird.*[82]

Während wir uns von dieser Orientierungshilfe Rückenwind erhofften, gab es bei vielen Evangelikalen, allen voran natürlich in Württemberg, einen Sturm der Entrüstung bis zur Forderung, das Papier einzustampfen. Der EKD-Ratsvorsitzende Nikolaus Schneider kündigte zwar eine theologische Nacharbeit an, bemerkte aber im ZEIT-Interview: *So manche Zuschrift war persönlich verletzend und von einer Selbstgerechtigkeit, wie ich es unter Christenmenschen nicht für möglich gehalten hätte.*[83] Beifall für die Kritiker kam auch von der politischen „rechten Seite", unter anderem hatte die „Junge Freiheit" in einem ganzseitigen Artikel die Orientierungshilfe als spalterisch gebrandmarkt.

Als einer der ersten beklagte auch der württembergische Landesbischof Frank Otfried July – für uns nicht nachvollziehbar – die Abwertung der Ehe und die mangelnde theologische Begründung.[84] Auch die Belastung für die Ökumene wurde genannt, dabei meinte selbst Papst Franziskus 2015: *Wir müssen die Vielfalt familiärer Situationen anerkennen*, um 2020 noch deutlicher zu werden, wenn er in dem Dokumentarfilm „Francesco" über Homosexuelle sagt: *Sie sind Kinder Gottes und haben ein Recht auf eine Familie. Niemand sollte wegen seiner sexuellen Veranlagung ausgeschlossen oder unglücklich werden.*[85]

Sieben Jahre nach dieser EKD-Orientierungshilfe zur „Familie“ veröffentlicht das Bundesfamilienministerium 2020 einen Familienreport, dessen Ergebnis interessant ist in diesem Zusammenhang: Für 77 Prozent der Befragten steht die Familie an erster Stelle und hat größte Bedeutung für ihr Leben, gar 94 Prozent sind mit ihrem Familienleben *total glücklich*.[86]

Die häufigste Familienform sind weiterhin verheiratete Eltern, wenn auch leicht gesunken auf 70 Prozent, aber der Trend zur längeren Ehe (im Durchschnitt jetzt 15 Jahre) setzt sich fort. Zugleich (!) ist der Familienbegriff für fast 90 Prozent ein erweiterter geworden, nämlich *da, wo Kinder sind,* unabhängig von der Lebensform der Eltern, ob in Hetero- oder Homo-Ehen, ob mit alleinerziehenden Müttern oder Vätern oder in Stief- und Patchworkkonstellationen.

Im Jahr 2014 war der Auslöser ein 34-seitiges Arbeitspapier aus dem Kultusministerium Baden-Württemberg: Leitprinzipien für den neuen Bildungsplan 2015. In diesem Entwurf der grün-roten Landesregierung ging es neben vielem anderen um die Akzeptanz sexueller Vielfalt, was wir natürlich begrüßten, was aber auch wieder ein Anlass zu großer Empörung war.[87]

Im Raster der Gegner wurde Aufklärung über sexuelle Vielfalt als Umerziehung disqualifiziert, Respekt gegenüber anderen Lebensformen als Hinführung zu nicht-heterosexuellen Sexualpraktiken missverstanden. Von christlich-fundamentalistischen und rechtspopulistischen AkteurInnen wurde der Vorwurf „Frühsexualisierung“ erhoben.

Und so startete unter der Überschrift „Kein Bildungsplan 2015 unter der Ideologie des Regenbogens“ ein evangelischer Realschullehrer aus dem Nordschwarzwald eine Online-Petition mit entsprechend verzerrenden Äußerungen. Und die Kommentare unter dieser Petition, die von vielen unterschrieben wurden – auch zur Hälfte von Leuten außerhalb Baden-Württembergs –, enthielten unsägliche Beschimpfungen und Hetze.[88] Das war übel. Eigentlich bestätigten sie nur die Notwendigkeit für mehr Aufklärung über sexuelle Vielfalt.

Überwiegend kritisch zu den Leitprinzipien und leider ohne ausdrückliche Distanzierung von dieser genannten Petition war auch die Presseerklärung der vier für Bildung zuständigen Referenten der evangelischen und katholischen Kirchen in Baden und Württemberg vom 10. Januar 2014.[89]

Es gab auch Gegenpetitionen und Unterstützung für den Bildungsplan, und der grüne Ministerpräsident Winfried Kretschmann, ein praktizierender Katholik, erkannte knapp und klar Handlungsbedarf, *weil schwule Sau auf dem Schulhof eines der beliebtesten Schimpfwörter ist.*[90]

Auch die evangelische Theologieprofessorin Isolde Karle hält es für *unabdingbar*, sexuelle Vielfalt in der Schule zu thematisieren, zumal junge Homosexuelle zum Zeitpunkt des Coming-out besonders suizidgefährdet seien. Außerdem sei es gerade die Stigmatisierung und Ausgrenzung von Homosexuellen durch Gesellschaft und Kirchen – in der Vergangenheit noch mehr als in der Gegenwart –, die viele Homosexuelle in eine Subkultur gedrängt und damit auch der Promiskuität ausgeliefert hätten.[91]

Jahre später schrieb Klaus-Peter Lüdke, ein Pfarrer aus dem Nordschwarzwald und Vater eines Trans*Jungen in einem Brief an dessen LehrerInnen: *Wir sind dankbar, dass in unserem Land die Bildung in Bezug auf Toleranz, Akzeptanz und Vielfalt eine der wesentlichen pädagogischen Leitlinien ist.*[92]

Zu den Stimmen aus den Kirchen, die sich damals schon positiv zum Bildungsplan äußerten (z.B. württembergischer und badischer LSK, „Offene Kirche", Diözesanrat der Freiburger Katholiken), gehörte die evangelische Rundfunkpfarrerin Lucie Panzer, die im Morgenimpuls des Rundfunks am 28. Janur 2014 in SWR 1/SWR 4 zu hören war:

> *Sexualität ist nicht nur eine biologische Funktion. Es geht um Beziehungen, um Liebe, um Partnerschaft, um die Frage, wie ich eigentlich leben will. Das sind wichtige Themen für die Schule. Deshalb fände ich es für meine Enkel gut, dass die Beziehungen zwischen Menschen,*

die es im Umfeld der Kinder gibt, auch im Unterricht vorkommen. Dass Patchworkfamilien vorkommen […] dass alleinerziehende Mütter und Väter vorkommen […] dass Familien auch aus zwei Müttern und ihren Kindern bestehen können, und dass auch zwei Männer ein Paar sein können. Deshalb finde ich es gut, dass nach dem neuen Bildungsplan die verschiedenen Formen des Zusammenlebens im Unterricht thematisiert werden sollen. Weil sie ja zu Hause bei den Kindern auch vorkommen, in der Nachbarschaft oder auch im Nachmittagsprogramm im Fernsehen. Damit Kinder, die mit ihrer Mutter allein leben, nicht den Eindruck kriegen, bei uns stimmt was nicht. Und damit Kinder, die neben einem schwulen Paar wohnen, den Männern freundlich und vorbehaltlos guten Tag sagen können und vielleicht am Samstag mit ihnen Fußball spielen.[93]

Am 1. Februar 2014, als wir im BKH (Bündnis für Kirche und Homosexualität) zu unserem 12. Treffen in Stuttgart-Möhringen zusammenkamen, fand in Stuttgart die Demonstration gegen den Bildungsplan und die Gegendemonstration mit jeweils etwa 500 Personen statt – zum Teil musste die Polizei eingreifen. Nun war das Thema also auch noch auf der Straße gelandet. Diese aufgeheizte Stimmung, die Spaltung in dieser Frage, die durch die Bevölkerung und durch die Kirchen ging, war wohl die Frucht einer jahrelang versäumten Diskussion, auch in der Kirche.

Im Jahr 2015 gab es in der württembergischen Kirche zwar nicht den ganz großen Wirbel, aber das Thema war auch in diesem Jahr einfach nicht „unter dem Deckel" zu halten: Nachrichten wie die Einführung der Homo-Ehe in der katholischen Republik Irland und in den USA oder die Forderung des Deutschen Bundesrats nach Gleichstellung der homosexuellen Paare bis hin zum Adoptionsrecht, die wir mit Erleichterung verfolgten, brachten das Thema „Ehe für alle" zwar nicht auf die Tagesordnung der Landessynode (die OK scheiterte mit ihrem Antrag), aber doch immerhin auf die Seiten des Evangelischen Gemeindeblatts für Württemberg.[94]

Und mittendrin im Juni 2015 war der Evangelische Kirchentag in Stuttgart. Da es dem Kirchentagspräsidium ein Anliegen war, das Thema „Homosexualität und Kirche" gerade in Württemberg etwas voranzubringen, gab es im offiziellen Programm ein großes Zentrum „Regenbogen" in der evangelischen Kirchengemeinde Stuttgart-Wangen: Es waren viele gut besuchte Veranstaltungen, Vorträge, Diskussionen. Und bei dem bewegenden Feierabendmahl am Freitagabend in dieser gastfreundlichen Gemeinde wurde eine offene vielfältige Gemeinschaft erfahrbar, eine Gemeinschaft der Verschiedenen in einem Geist.

Schon bei der zentralen Gedenkveranstaltung des Kirchentags zu Beginn am Mittwochnachmittag war der Verfolgung und Ermordung homosexueller Menschen in der NS-Zeit gedacht worden – „Ausgegrenzt und totgeschwiegen":

So erzählten auf dem Karlsplatz vor dem Hotel Silber, der früheren Gestapozentrale, Schauspieler in Ich-Form von Schicksalen homosexueller Männer: Insgesamt 50 000 homosexuelle Männer wurden während der NS-Zeit verurteilt, etwa 10 000 mit dem „Rosa Winkel" in den Konzentrationslagern inhaftiert, von denen mehr als die Hälfte ermordet wurden. Auch die Kirche müsse sich der Mitschuld stellen, so die Leiterin des Stuttgarter evangelischen Bildungszentrums Hospitalhof auf dieser Veranstaltung.

Exkurs zur Aufarbeitung und Vergebungsbitte: Selbst noch nach der Jahrtausendwende sollte die Geschichte eines schwulen württembergischen Theologen aus dem „Dritten Reich" unsichtbar bleiben, wie aus dem Beitrag des Tübinger Stadtarchivars Udo Rauch im Ausstellungskatalog des Stadtmuseums „Queer durch Tübingen – Geschichten vom Leben, Lieben und Kämpfen" hervorgeht:[95]

Heinrich Seeger war Vikar am Ulmer Münster, Stiftsrepetent und Religionslehrer am Uhlandgymnasium in Tübingen, zweimal promoviert, ein Jahr in Jerusalem als Leiter des „Deutschen Evangelischen Instituts für Altertumswissenschaften des Heiligen Landes". Seeger, der der Bekennenden Kirche nahestand, wurde bei einem Besuch in Breslau 1939 verhaftet, 1940 nach §175 zu sechs Monaten Gefängnis verurteilt und dann aus dem Schuldienst entlassen. Ab 1941 hatte er eine Stelle beim Evangelischen Bund in Berlin, die auch durch einen persönlichen Zuschuss des württembergischen Landes-

bischofs Wurm finanziert wurde. Die von ihm gewünschte „Unabkömmlichkeits"-Bestätigung vom OKR wurde ihm nicht gewährt. Wenige Tage vor Kriegsende kam der 57-Jährige im „Volkssturm" ums Leben.
Seeger gehörte zu den 38 Personen auf der 2003 von der Universität Tübingen veröffentlichten Liste, die ihre akademischen Grade in der NS-Zeit zu Unrecht verloren hatten und nun rehabilitiert wurden. Als der OKR bei der Recherche erfuhr, dass der Grund für die Aberkennung des Doktortitels Seegers Homosexualität gewesen war, wurde davon abgesehen, diese Rehabilitierung in einem Artikel in der württembergischen Zeitschrift „a+b" aufzuarbeiten, wie es ursprünglich vorgesehen war.[96]

Auf der Tagung der Württembergischen Landessynode im November 2017 wurde der Antrag von Mitgliedern der OK eingebracht, *die Gemeinschaft der gleichgeschlechtlich orientierten Menschen um Vergebung zu bitten für das Unrecht, das ihnen durch unsere Kirche während des Nationalsozialismus und in der Zeit nach dem Zweiten Weltkrieg bis in die jüngste Vergangenheit zugefügt wurde.*[97]
Die Bitte um Vergebung für begangenes Unrecht an Homosexuellen hat Landesbischof July tatsächlich in einer Andacht vor der Sommersynode am 5. Juli 2019 ausgesprochen, wie wir dann mal wieder der Presse entnehmen konnten.[98] Aber wie soll heilende Vergebung möglich werden, wenn keine gleichgeschlechtlich liebenden ChristInnen eingeladen werden, wenn sich die Vergebungsbitte vor allem auf die Zeit des Nationalsozialismus konzentriert und nicht deutlich benannt wird, wie viel Diskriminierung es danach und bis heute noch in unserer württembergischen Landeskirche gibt? Das hat uns „Betroffene" sehr befremdet, was wir auch in einem Brief an den Landesbischof zum Ausdruck brachten.

Auf diesem Kirchentag gab es also Raum für Gespräche und Begegnungen zu „unserem" Thema – ob er von den Pietisten genutzt wurde? Die Hardliner unter ihnen jedenfalls kamen wohl schon gar nicht nach Stuttgart, denn obwohl die Pietisten in die Kirchentagsplanungen einbezogen waren, verzichteten sie zwar in Stuttgart, aber nicht überall auf ihren traditionell separat und zeitgleich zum Kirchentag stattfindenden „Christustag". Und auf der in der Nähe von Albstadt stattfindenden „Christustag"-Veranstaltung, an der auch ein ehemaliger Landesbischof teilnahm, wurde wieder kräftig im Namen der Bibel gegen die Homosexuellen „gewettert". Das konnte ich nicht nur der örtlichen Zeitung entnehmen, sondern auch dem Bericht einer meiner Kirchengemeinderätinnen, deren Bekannte dort war und entsetzt meinte: *So proletet man nicht von der Kanzel herunter – raddawuedich* („rattenwütig" – den Ausdruck kannte ich bis dahin nicht) sei sie aus dem Gottesdienst mit dem langjährigen CVJM-Generalsekretär und früheren Pro-Christ-Redner gegangen.

Weil das nicht nur diskriminierend für uns war, sondern auch der Kirche in ihrer Außenwahrnehmung schadete, schrieb ich der Kirchenleitung und dachte: *Wann tritt man diesen Hardlinern endlich einmal klar entgegen, ihrer Anmaßung, gleichgeschlechtliche Liebe als Sünde zu beurteilen, ihrer Ignoranz gegenüber der Leidensgeschichte homosexueller Menschen?*

Wie bestärkend dagegen immer wieder die Solidarität von der anderen Seite, auch auf diesem Kirchentag. Selbst in unserer Lokalzeitung endete der Kirchentagsbericht mit dem befreienden Wort von Kirchenrat Helmut Dopffel aus Stuttgart: Menschen (Schwulen und Lesben u.a.) den Segen zu verweigern, die darum bitten, *würde ich mit dem Begriff „Sünde" belegen.*[99]

Und dann gab es auf dem Kirchentag noch ein großartiges Kabarettstückchen: „Die Störche", aus der Werkstatt des Stuttgarter Stadtdekans Søren Schwesig, der zusammen mit dem jetzigen Ulmer Münsterpfarrer Peter Schaal-Ahlers als Kirchenkabarett „Die Vorletzten" in Württemberg auftritt. Der Inhalt sei zusammenfassend skizziert:

Nachdem das Storchenpaar auf dem Pfarrhaus im Bezirk Ravensburg vom Biologielehrer als gleichgeschlechtlich erkannt worden war, wendet sich der Ortspfarrer aufgeregt zunächst an den Dekan: „Es ist kein normales Storchenpaar", „Sie gehen eher unbiblisch miteinander um", „Sie sind gleichgeschlechtlich" […] „Wenn das bei uns im Ort rauskommt!"
In der Kirchengemeinde, so der Pfarrer weiter, sei es deshalb so harmonisch, weil über bestimmte Themen wie z.B. Homosexualität nicht gesprochen würde.
„Es ist nämlich so: Die Kindergartenleiterin lebt mit ihrer Freundin zusammen, der Organist ist in einer eingetragenen Partnerschaft und unsere Kirchenpflegerin teilt sich mit einer Bankbeamtin Wohnung und noch mehr. Bisher konnte ich noch alles unter der Decke halten. Aber wenn sich nun diese beiden Störche öffentlich als Paar

zeigen, gibt das doch einen Domino-Effekt. Das tritt eine Lawine los."

Weder beim Dekan noch beim Umweltbeauftragten und in der Bauabteilung des Oberkirchenrats kommt der Pfarrer weiter. Schließlich landet er beim theologischen Referat, dem er vermittelt:

„Wenn das rauskommt, können wir den Laden hier dicht machen."

Und die Antwort:

„Wissen Sie was? Wir reagieren wie immer: Wir versehen das Storchennest mit einem Sichtschutz. Schwule Störche auf dem Pfarrhausdach sind ja nur dann ein Problem, wenn man sie sieht. Sieht man sie nicht, gibt's auch kein Problem." Der Pfarrer ist erleichtert über diese „Württemberger Lösung".

Die Aufführungen im Stuttgarter Rathaus im Rahmen des Kirchentags sorgten unter den Zuhörenden für viel Heiterkeit.

Auch eine Kollegin aus unserem KreisLes trat im Regenbogenzentrum als Clownin „Clärle" auf mit der Szene „Andersrum" zur Umpolung von Lesben und Schwulen.

Immer wieder fand und findet sie Gelegenheit, das Thema als Clownin zu bearbeiten, zuletzt auch digital beim BKH-Treffen 2021 mit „Handreichung in Quarantäne!".

Mehr als einmal waren wir uns einig, dass wir das, was wir da immer wieder erleben, auch kabarettistisch und mit clownesker Energie verarbeiten müssen, um es aushalten zu können und nicht in eine Lähmung zu geraten.

Im Jahr 2016 schließlich hat die badische „Nachbar"kirche auf ihrer Frühjahrssynode nach intensiven theologischen Debatten, einem Ringen und Beten bis zum Schluss – wobei auch die „Betroffenen" bzw. die „ExpertInnen" eingebunden waren – mit Dreiviertelmehrheit die „Trauung für alle" beschlossen, also die Gleichstellung bis hin zum Kirchenbucheintrag.

Nachdem die Einführung der sogenannten „Homo-Trauung" in einzelnen anderen evangelischen Landeskirchen zuvor (2013 in Hessen-Nassau und Anfang 2016 im Rheinland) schon die mittlerweile bekannten Reaktionen aus allen Richtungen provoziert hatte, rückte sie jetzt Württemberg noch näher. Wir hofften, dieser badische Prozess würde einen positiven Einfluss auf den württembergischen haben ... aber dem war nicht so.

So gab es nun zwei völlig unterschiedliche Umgangsweisen mit dem Segnungswunsch homosexueller Paare in einem Bundesland, ja, im Fall der Schwarzwaldstadt Villingen-Schwenningen sogar innerhalb einer Stadt, gehören doch die Schwenninger ProtestantInnen zur württembergischen, die Villinger zur badischen Landeskirche. Aber damit bot sich immerhin eine Möglichkeit für württembergische evangelische Paare, nach Baden auszuweichen.

In der katholischen Kirche ist es übrigens umgekehrt: Als im Frühjahr 2021 der Vatikan sich ausdrücklich gegen die Segnung von gleichgeschlechtlichen Paaren aussprach (vom Sakrament der Trauung gar nicht zu reden), wollte sich die Diözese Freiburg (auf badischem Gebiet) an die restriktiven Vorgaben halten, während in der Diözese Rottenburg-Stuttgart (auf württembergischen Gebiet) Segnungen möglich sein sollen.[100]

Ob vielleicht der badische Beschluss den Dekan von Böblingen ermutigt hat, im Juni 2016 ein lesbisches Paar in einem Gottesdienst in der Stadtkirche – und auch noch mit Glockenläuten – zu segnen, mit Rückendeckung seines Kirchengemeinderats und seiner Gemeinde?[101]

Da ein öffentlicher Segnungsgottesdienst in Württemberg ja immer noch nicht erlaubt war, geschah die Segnung in der Regel nicht in einem Kirchenraum und falls doch, dann zwar meist unter Einbeziehung von Kirchengemeinderat und DekanIn, aber ansonsten „leise“, als ein seelsorgerlicher Akt deklariert, ohne öffentliche Ankündigung, Glockengeläut und Eintrag ins Kirchenbuch.

Oft mussten gleichgeschlechtliche Paare mühsam eine Pfarrerin oder einen Pfarrer suchen, die bereit waren, sie zu segnen. Wie viele dieser Paare den Kampf um den Segen schon aufgegeben haben? Andere erinnerte das vielleicht an die biblische Geschichte von Jakob am Jabbok, der bis zur Morgenröte mit einem Gegenüber ringt: *„Ich lasse dich erst los, wenn du mich* *gesegnet hast." Und gesegnet, aber hinkend ging er schließlich weiter seinen Weg.* (1. Mose 32,23ff.)

Nachdem eine Segnung im öffentlichen Gottesdienst inzwischen ja so gut wie in allen der 20 evangelischen Landeskirchen in Deutschland möglich geworden war (wenn nicht gar eine Trauung), wagte nun also der Dekan den Regelverstoß. Natürlich gab es wieder einen Aufschrei, Forderung nach disziplinarischen Maßnahmen, ein Gespräch auf dem OKR, aber auch Solidaritätsbekundungen.

„Alle Jahre wieder" ... wann hörte das endlich einmal auf?

Und in all diesen Jahren empfand nicht nur ich eine Diskrepanz zwischen dem Wohlwollen, das wir hinter verschlossenen Türen des Oberkirchenrats erfuhren, und den Äußerungen oder auch dem Schweigen der Kirchenleitung in der Öffentlichkeit.

Ich denke, die Furcht war groß, die pietistisch geprägten Christen in unserem Land könnten ihre Drohungen mit Kirchenspaltung wahrmachen. Aber kann die Einheit der Kirche das höchste Kriterium für die Kirchenleitung sein?

Einheit nicht um jeden Preis fordert der Erlanger Theologieprofessor Peter Bubmann 2018: Gerade auch, um dem Populismus vom rechten politischen Rand zu widerstehen, der auch in der Kirche an Einfluss gewinnt, sei es dringend, *noch deutlicher als bisher auf Mindeststandards der Bibelauslegung zu achten und die Grenzen zum theologisch unreflektierten Biblizismus klarer zu ziehen. Denn die Aufgabe der Kirche ist nicht primär die Wahrung der Einheit um jeden Preis, sondern die sach- und zeitgemäße Kommunikation des Evangeliums als Botschaft von der Menschenfreundlichkeit Gottes.*[102]

Treffen mit Pietisten – eine einmalige Begegnung

Dass es auch anders gehen kann, zeigt das Treffen im Februar 2016, zu dem der für Bildung zuständige Oberkirchenrat, der im

Zusammenhang mit dem Bildungsplan unseres Erachtens unglücklich agiert hatte, in die evangelische Tagungsstätte Bernhäuser Forst einlud.

Eingeladen waren die nach seiner Einschätzung gesprächs- und begegnungsbereiten Menschen aus pietistischen Kreisen, nicht nur SynodalInnen. Es gibt ja unter den Pietisten auch Aufgeschlossene, nicht nur Hardliner. So hatte gerade der Vorsitzende der pietistisch geprägten Deutschen Evangelischen Allianz Michael Diener (seit Nov. 2015 auch im Rat der EKD) die evangelikalen Christen zu mehr Selbstkritik ermuntert und für mehr Toleranz auch gegenüber Homosexuellen geworben – was aber den evangelikalen Prediger Ulrich Parzany prompt dazu veranlasste, ein eigenes Netzwerk „Bibel und Bekenntnis" zu gründen.[103]

Eingeladen waren außer uns aus dem LSK auch VertreterInnen von „Zwischenraum", mit denen wir im BKH schon seit ein paar Jahren im Kontakt standen: Diese pietistisch geprägten Menschen mit einer anderen sexuellen Orientierung bzw. Identität als der heteronormativen standen ja unter einem zusätzlichen oft jahrzehntelang andauernden Druck, wie das schon erwähnte Buch „Nicht mehr schweigen" verdeutlicht. Die Initiative „Zwischenraum" aber war und ist für viele aus den pietistischen Kreisen, den Freikirchen, aber auch für konservative Katholiken, ein Rettungsanker.

An diesem Abend bildete „Zwischenraum" eine Art Brücke zwischen den pietistischen Heteromenschen und den nichtpietistischen Homomenschen.

Nach dem Modell des Frauenmahls saßen wir bei einem Abendessen an bewusst gemischt besetzten runden Tischen. Da konnte auch ich frei reden über meinen Weg als lesbische Pfarrerin in Württemberg.

Die Tischgespräche wurden mehrmals unterbrochen für kurze persönliche Impulse (Erfahrungen und Wünsche) von jeweils einer Person von „Zwischenraum"/LSK/ Pietismus. Sie erzählten:

- von dem Konflikt, den pietistisch glaubende und gleichgeschlechtlich liebende Menschen zu bewältigen haben
- vom Leben als schwuler Pfarrer, der sowohl seine „Berufung“ zum Pfarrersein (als Pfarrer mit Leidenschaft) als auch seine „Begabung“ zu seinem „Sosein“ (mit nicht unendlicher Leidensbereitschaft) leben dürfen möchte
- von den Schwierigkeiten einer pietistischen Theologin, die homosexuelle Menschen im Familien- und Freundeskreis hat, die ihr nahestehen und die sie wertschätzen will.

Es waren bewegende Impulse, persönlich, ehrlich. Manche hörten an diesem Abend vielleicht zum ersten Mal direkt, wie erschreckend zunächst für viele die Erkenntnis war, ein gleichgeschlechtlich oder bisexuell liebender Mensch zu sein, nicht zuletzt angesichts der zu erwartenden Diskriminierungen und der „Verteufelung“ von Homosexualität in der Kirche. Es bedeutete eben nicht einfach: *Jetzt würde ich gerne mal was anderes ausprobieren!* Und manche, wie meine pietistisch geprägte Tischnachbarin fingen an zu verstehen, dass du das eben nicht in der Hand hast, ob du die Liebe zu einem Menschen gleichen Geschlechts spürst.

Eine lesbische Kollegin sagt es so:

> *Ich weiß jedenfalls aus eigenem Erleben, dass ich wahrlich nicht darum gebeten habe, lesbisch zu werden.*
> *Ich habe mich so vorgefunden.*
> *Ich habe lange Jahre gebraucht, mich dieser Wahrheit zu stellen. Und habe erlebt, dass die Wahrheit mich frei gemacht hat.*
> *Ich weiß auch nicht, inwieweit ich eigentlich irgendjemand schade durch meine Form des Liebens,*
> *ich habe weder das Interesse, die Ehe zu zersetzen noch die Verbindlichkeit in der Liebe –*
> *ich bin gewiss, dass mein Gott mir mein Sosein am Ende nicht zum Vorwurf machen wird. Warum auch?*

Ich weiß schon, dass auch ich ein sündiger Mensch bin, aber die Strukturbedingungen meines erotischen Liebens, die sind – nach heutigem Denken – als solches nicht Zeichen meiner Sünde; das sind eben Varianten der Schöpfung, die vorkommen bei einer Minderheit, die immer eine Minderheit bleiben wird.

Von pietistischer Seite waren an diesem Abend leise Töne zu hören wie:
- Homosexualität ist keine Bekennntisfrage, ist nicht „Mitte“ des Evangeliums – daran darf sich doch Kirche nicht spalten!
- Wird die theologische Debatte manchmal vorgeschoben, obwohl Ängste dahinterstehen?
- Wo bleibt so ein großes Engagement, wenn es um wichtige Themen wie Armut und Reichtum oder die Schöpfung geht?

Alles wirkliche Leben ist Begegnung – dieses Wort des jüdischen Philosophen Martin Buber sollte sich an diesem Abend wieder einmal bewahrheiten. Begegnung, wo nicht übereinander, sondern miteinander geredet wird, wo nicht pauschal über die anderen geurteilt, sondern versucht wird, einander zu verstehen und Ängste abzubauen. Hier haben wir uns auch getraut, Gesicht zu zeigen, offen und angstfrei zu sprechen.

Dieses gegenseitige „Ansehen“ war ein Segen, und so entließ uns der Initiator der Begegnung ausdrücklich mit dem Segen, „Angesehene“ zu sein:
Gott lässt sein Angesicht leuchten über dir!

Die Resonanz auf diesen Abend war von allen Seiten positiv. Schade, dass ein solches Treffen nicht schon früher stattgefunden hatte und dass es einmalig blieb.

Vom Angesehen-Werden ist die Rede auch in diesem Gedicht:

Hilde Domin: Es gibt dich

Dein Ort ist
wo Augen dich ansehn.
Wo sich die Augen treffen
entstehst du.

Von einem Ruf gehalten,
immer die gleiche Stimme,
es scheint nur eine zu geben
mit der alle rufen.

Du fielest,
aber du fällst nicht.
Augen fangen dich auf.

Es gibt dich
weil Augen dich wollen,
dich ansehn und sagen
daß es dich gibt.[104]

LSBTTIQ – eine Begriffserklärung – und die Initiative „Regenbogen"

Sowohl im LSK (Lesbisch-Schwuler Konvent) als auch im BKH (Bündnis Kirche und Homosexualität) waren und sind vor allem die Menschen mit einer anderen sexuellen Orientierung als der heterosexuellen im Blick – lesbisch-schwul-bisexuell, eben LSB.

Vom Selbstverständnis her aber wollen sowohl LSK wie BKH grundsätzlich auch offen sein für Menschen, die sich als transident bzw. transsexuell, transgender, intersexuell, queer bezeichnen, eben TTIQ.

So ist der LSK 2015 dem LSBTTIQ-Netzwerk Baden-Württemberg beigetreten. Und 2016 haben sich ein paar Leute aus dem BKH, vorneweg auch einige aus dem LSK – und damit zum ersten Mal eine kirchliche Gruppe – auf den Stuttgarter Christopher Street Day (CSD) gewagt. Wir liefen hinter einem Banner und in schwarzen T-Shirts, bedruckt mit den Regenbogenfarben und: *LSBTTIQ in der Kirche – Sichtbare Vielfalt.*

Menschen stehen hinter der Buchstabenfolge LSBTTIQ, die vom gleichnamigen Netzwerk Baden-Württemberg und vom Ministerium für Soziales und Integration Baden-Württemberg verwendet wird. Es sind die Menschen mit einer anderen Lebensweise als der heteronormativen, eben Queer – Q, so der oft auch übergreifend gebrauchte Begriff. Da nicht alle mit dieser Abkürzung vertraut sind, möchte ich sie kurz erläutern.[105]

Zuvor noch eine Bemerkung zur Differenzierung des Geschlechtsbegriffs: Neben dem angeborenen biologischen Geschlecht ist von der empfundenen Geschlechtsidentität bzw. dem psychologischen Geschlecht die Rede und vom sozialen Geschlecht, auch als Gender bezeichnet – das ist die durch Kultur und Gesellschaft geprägte Geschlechterrolle, die Veränderungen unterliegt und veränderbar ist.

LSBTTIQ umfasst keine homogene Gruppe, sondern eine Vielfalt unterschiedlicher Menschen, auch diejenigen, die ihr Geschlecht als fließend (genderfluid) erleben und sich nicht als Mann oder Frau definieren wollen, sondern als nichtbinär (jenseits des Zweiersystems).

Das ist für manche Außenstehende irritierend. Aber auch innerhalb der LSBTTIQ-Community sind derzeit Spannungen auszuhalten und zu diskutieren.[106]

Grundsätzlich finde ich die Unterscheidung zwischen sexueller Orientierung und geschlechtlicher Identität klärend:

Einerseits geht es also um Menschen, die sich zwar ihrer Geschlechtsidentität als Frau oder Mann bewusst sind, aber nicht heterosexuell orientiert sind, sondern sich von Menschen gleichen Geschlechts (lesbisch-L, schwul-S) oder Menschen beiden Geschlechts angezogen fühlen (bisexuell-B). Geschätzt betrifft das 5 bis 10 Prozent der Bevölkerung.[107]

Andererseits geht es um Menschen, die sich ihrem biologischen bzw. bei der Geburt zugewiesenen Geschlecht nicht zugehörig fühlen und sich mit dem Gegengeschlecht identifizieren (transident bzw. transsexuell-T), häufig das mit einem Geschlechtswechsel und geschlechtsangleichenden Maßnahmen verbinden. Transidentität ist nicht zu verwechseln mit der Kunstform der Travestie, die mit dem gegengeschlechtlichen Aussehen und dem Rollentausch spielt.

Nochmal eine andere Gruppe bilden die Menschen, die die soziale Geschlechterrolle, die ihnen aufgrund des biologischen Geschlechts zugewiesen wurde, nicht akzeptieren oder eine eindeutige Geschlechtszuordnung ganz ablehnen (transgender-T).

Die Zahlen von transidenten/transgender Menschen steigen in den letzten Jahren in Deutschland sprunghaft an, insbesondere unter Jugendlichen, vor allem Mädchen. Derzeit gibt es eine durchaus kontroverse Debatte zu den möglichen Ursachen, aber vor allem darum: Soll künftig eine Geschlechtstransformation an eine Beratungspflicht gebunden sein oder soll per Eintrag auf dem Standesamt die Geschlechtszugehörigkeit selbst bestimmt und nach einem Jahr rückgängig gemacht werden können – auch unabhängig von den biologischen Geschlechtsmerkmalen oder einer Geschlechtsangleichung –, was weitreichende Folgen hätte.

Exkurs zu Transmenschen: Wenn sich Transmenschen entscheiden, auch namentlich und körperlich in ihrem Identitätsgeschlecht zu leben, müssen sie derzeit einen langen juristischen und medizinischen Weg gehen und mehrere psychologische Gutachten einholen und selbst bezahlen. Dieses Verfahren in Deutschland ist für die betroffenen Menschen schwer erträglich und wird zunehmend kritisch gesehen. Die Intention ist, zu klären, dass die empfundene Geschlechtsidentität nicht eine spontane Wahl oder ein vorübergehendes Phänomen ist oder ein Versuch, andere Probleme damit lösen zu wollen, sondern dass diese tief in der Persönlichkeit verankert ist und ein anhaltendes Leiden, im „falschen Körper" zu leben, bewirkt.
Zwei Bücher haben mir Einblick gegeben in die Situation von transidenten bzw. transsexuellen Menschen:
Zum einen: Klaus-Peter Lüdke, Gemeindepfarrer in Stellenteilung mit seiner Frau im Nordschwarzwald, beschreibt die Transidentität ihres Kindes: „Jesus liebt Trans* – Transidentität in Familie und Kirchgemeinde." Die Familie hat den Weg ihres Transjungen, der in einem Mädchenkörper geboren worden war, unterstützt und begleitet, mit allen Schwierigkeiten und beobachtet von der kleinstädtischen Öffentlichkeit. In dem Buch geht es nicht nur um

persönliche Erfahrungen auf dem Weg des Verstehens, sondern auch um geistliche Erkenntnisse, die Trans* als Geschenk Gottes erschließen und wertschätzen. Und es ist auch eine praktische Orientierungshilfe für alle, die privat und beruflich mit Transidentität zu tun haben bzw. sensibilisiert werden wollen. Sein 2021 erschienenes Buch „Queer mit Gott“ sieht queere Menschen als Teil der vielfältigen Schöpfung Gottes und enthält neben Gebetstexten und erhellenden biblischen Einsichten gesellschaftliche und kirchliche Aspekte.[108]

Zum anderen: Die westfälische Pfarrerin und Spiritualin Christina Bergmann beschreibt ihren eigenen Wandlungsweg: „Und meine Seele lächelt. Transsexualität und Spiritualität – Mein Weg zu einem authentischen Selbst.“ Nachdem sie jahrzehntelang in einem männlichen Körper gelebt hat als Ehemann und Vater, beschreibt sie nun ihren Weg und ganz konkret auch die Wege, die sie im „Haus Respiratio“ und bei Exerzitien der Communität Casteller Ring, beides auf dem Schwanberg bei Würzburg, gegangen ist. Sie sieht ihre Transsexualität als ein Beispiel für die Wandlung des Lebens zu seiner innersten Berufung. Es ist ein langer Prozess zwischen Abgründen und Getragenwerden, im inneren Gespräch mit Gott und begleitet von der Frau, die bei ihr geblieben ist.[109]

Manche denken, durch die Transition des Partners oder der Partnerin würde eine ursprünglich heterosexuelle Partnerschaft „automatisch“ zu einer homosexuellen Partnerschaft, sofern das Paar beieinanderbleibt. Dass die Lage komplexer ist, macht ein ZEIT-Interview mit einem solchen Paar deutlich: Nach der Transition wurde es in diesem Fall eine Beziehung zwischen einer Frau und einer Transfrau, die weiterhin ein gemeinsames Leben führen und deren Beziehung noch nie auf Sex gefußt habe.[110]

Aber nicht nur bei Transmenschen geht es um die Frage der Geschlechtsidentität, sondern auch bei Menschen, die sich keinem der beiden Geschlechter männlich/weiblich zuordnen können, weil ihr Geschlecht biologisch uneindeutig ist (intersexuell-I).

Sie werden zum Beispiel mit weiblichen und männlichen Geschlechtsmerkmalen geboren bzw. mit einer der vielfältigen Kombinationen von Genen, Genitalien, Hormonen – Mediziner kennen rund 50 verschiedene Syndrome – die keine eindeutige Zuordnung ermöglichen.

Seit 2019 besteht in Deutschland die Möglichkeit, bei der Frage nach dem Geschlecht, „divers“ oder gar nichts anzugeben, und bei vielen Stellenausschreibungen ist inzwischen m/w/d zu lesen. Im Urteil des Bundesverfassungsgerichts von 2017 war von möglicherweise 160 000 Menschen, also 0,2 Prozent der Bevölkerung die Rede, aber die überwältigende Mehrheit der (medizinisch) intersexuellen Menschen ordnen sich nicht dem dritten Geschlecht zu, sondern definiert sich entweder als „männlich“ oder „weiblich“.[111]

In den meisten Kirchengemeinden sind die Menschen mit einer anderen geschlechtlichen Identität (trans- und intersexuell) noch weniger im Blick als die Menschen mit einer anderen sexuellen Orientierung (homo- und bisexuell), die auch zahlenmäßig weit überwiegen.

Ein kleines Buch aus der Feder der Theologin und Journalistin Gabriele Meister, selbst heterosexuell, aber erschrocken über die immer noch verbreitete Diskriminierung queerer Menschen, ist hilfreich auch für interessierte Gemeindemitglieder, die einen Zugang zu diesem Thema suchen: „Sexualität und Kirche – Gottesdienst- und Andachtspraxis zu Homo-, Bi-, Trans*- und Inter*sexualität.“ Anders als der Titel vermuten lässt, geht der Inhalt über die Gottesdienstpraxis hinaus. Vielmehr ist es eine bunte Fundgrube mit vielen interessanten Interviews und anregenden Materialien für die praktische Arbeit mit Jung und Alt in Gemeinden.

Bisher singulär, soviel ich weiß, wurde in der evangelischen Kirchengemeinde Stuttgart-West 2020 das Projekt „Queerfeldein“ von der Pfarrerin initiiert: Dabei wollen sich queere Menschen treffen zu einem gemeinsamem Spaziergang, zu Gespräch, Meditation und Essen … Hier wissen sie, sie sind willkommen und gehören dazu.

Ein Willkommenssignal geht auch von den Kirchengemeinden aus, die bereits seit 2014 der Initiative „Regenbogen“ beigetreten sind. Diese Initiative des BKH (Bündnis Kirche und Homosexualität) hat das Ziel, sogenannte „Regenbogengemeinden“ in Württemberg zu finden, deren Kirchengemeinderat folgenden Beschluss fasst:

Wir sind offen
- *für Lesben und Schwule in unserer Gemeinde*
- *für die Segnung gleichgeschlechtlicher Paare*
- *für Pfarrerinnen und Pfarrer, die mit ihrer Partnerin / ihrem Partner im Pfarrhaus leben wollen.* [112]

Als 15 sogenannte „Regenbogengemeinden" gefunden waren, übergab das BKH 2016 den Beschluss dieser Gemeinden dem Landesbischof und der Synodalpräsidentin und ging mit einem Flyer an die Öffentlichkeit, um weitere Kirchengemeinden zu ermutigen, sich entsprechend zu positionieren und auf der Homepage des BKH registrieren zu lassen (https://www.bkh-wue.de>initiative-regenbogen).

Nachdem 2018 die 50. Gemeinde der Initiative „Regenbogen" beigetreten war (nochmal zwei Jahre später waren es dann 100), feierten wir zusammen mit Mitgliedern aus diesen Gemeinden im Mai ein Fest im Hospitalhof, dem zentralen evangelischen Bildungszentrum in Stuttgart. Beim Festakt sprach die Stuttgarter Prälatin Gabriele Arnold ein Grußwort und dann erklang auch zum ersten Mal der „Regenbogen-Tango" der sogenannten „rainbow sisters".

Zusammen mit einem weiteren Frauenpaar aus dem KreisLes gaben wir zu viert – in der Besetzung zwei Sängerinnen, Cello und Klavier – eine eigene Umdichtung des alten Schlagers „Regentropfen, die an mein Fenster klopfen" zum Besten. Wir hatten unsere Freude an unserem Auftritt, schwarz gekleidet mit allen möglichen Regenbogen-Accessoires von der Kette über den Schal bis zu Hut und Schirm.

Und hier der Regenbogen-Tango:

Refrain: Regenbogen, so hoch am Himmel droben, das merk ich mir, sie sind ein Gruß von DIR. Oder:
Segensspuren, die durch die Lande touren, das merk ich mir, sie sind ein Kuss von DIR!

1. BKH schafft Initiative, denn die Kirche tut, als ob sie schliefe. Refrain: Regenbogen …

2. In der Kirche braucht es einen Vorstoß, dreifach offen sind wir für die Homos. Refrain: Segensspuren …

3. LSBTTIQ willkommen! Das vertreten wir auch vor den Frommen. Refrain: Regenbogen …

4. Ich bekenne schwul und lesbisch leben, ist uns auch vom Großen Gott gegeben. Refrain: Segensspuren …

5. Und ich sag Euch, dass Ihr es genau wisst, ich wähl gern 'nen Pfarrer, der auch schwul ist. Refrain: Regenbogen …

6. Homos soll'n als Paar im Pfarrhaus leben, dazu wollen wir den Segen geben. Refrain: Segensspuren …

7. Morgens lesen wir es in der Zeitung: „keinen Segen!" sagt die Kirchenleitung.
Refrain (neu!): Regenbogen sind alle weggezogen, ich sage dir, nun sind sie nicht mehr hier.

8. Abends aber dann bei schwerem Rotwein,
schenk ich meiner Kirche reinen Wein ein.
Refrain (neu!): Segensspuren – finden wir trotz der Sturen, bei dir und mir und in der Welt allhier!

9. Lasst uns suchen, unten sowie oben, offne Menschen, keine Homophoben! Refrain: Regenbogen …

10. Über Fünfzig haben wir zusammen, doch wir sagen noch nicht vorschnell: AMEN. Refrain: Segensspuren …

Fortan kam der „Regenbogentango" noch ein paarmal – auch mit Variationen – bei verschiedenen Festen zur Aufführung.

2017–2022: „Ich bin, die ich bin" – Vom Berufsende und vom nicht enden wollenden Ringen um die Segnung

„Endspurt" in Reutlingen – ein offeneres Klima

Es hatte etwas Heilendes für mich, dass die für PfarrerInnen zuständige Kirchenrätin im Personalreferat sehr wohl die besonderen Belastungen für die homosexuellen KollegInnen in Württemberg im Blick hatte. Und so wollte sie sich dafür einsetzen, dass ich für einen guten Abschluss meiner Berufsbiografie eine passende Stelle bekomme, die ich nach unserem Umzug noch für etwa zwei Jahre von Tübingen aus übernehmen könnte.

Das Angebot, als Referentin beim Dekan im benachbarten Reutlingen zu arbeiten, jetzt wieder auf einer 75%-Stelle, die mir aber noch Zeit für mein neues Buchprojekt und Vorträge zu Luthers Judenfeindschaft (zumal im Reformations-Festjahr 2017) ließ, nahm ich gerne an. Erst recht nach der ermutigenden Reaktion des Reutlinger Dekans beim ersten Gespräch, wo ich innerhalb der ersten Minuten offen meine Lebensform benannte. Als ich mich im November 2016 bei meinem Einführungsgottesdienst in der Marienkirche Reutlingen kurz der Gemeinde vorstellte, wagte ich zu sagen, dass ich zusammen mit meiner Partnerin in Tübingen wohne.

Den persönlichen Segen, den ich unmittelbar danach zugesprochen bekam, habe ich besonders wahrgenommen. Der Mesner meinte hinterher, dieser Satz sei mindestens so sehr Thema gewesen wie meine Predigt, aber für mich war es befreiend, wenigstens an meiner letzten Stelle, wenigstens kurz vor dem Ruhestand, öffentlich sagen zu können, in welcher Lebensform ich lebe und nicht mehr zu schweigen, während die Kolleginnen und Kollegen meist ausführlich von ihren familiären Verhältnissen erzählen.

Als ich zwei Jahre später am 3. Advent 2018 im Gottesdienst in der Marienkirche verabschiedet wurde, sprach der Dekan sogar ausdrücklich von meiner *Frau.*

Natürlich erklang dabei auch wieder das Lied „Vertraut den neuen Wegen“ (EG 395), aber dieses Mal nicht mit der Melodie, die im Gesangbuch steht, sondern mit der wunderbaren Melodie des Liedes „Du, meine Seele, singe“, so wie es sich der Liederdichter Hertzsch eigentlich gewünscht hatte – was ich aber erst kurz vor meinem Ruhestand von einer Prädikantin erfahren hatte.

Dass mein Dienstbeginn in Reutlingen seinerzeit mitten in eine lebhafte Diskussion vor Ort zum Thema „Homosexualität und Kirche“ fiel, war Zufall. Kurz zuvor war es Schwerpunktthema auf der Bezirkssynode gewesen, auf der alle Gemeinden aus dem Kirchenbezirk Reutlingen vertreten sind, nur vier Tage danach stand es auf der Tagesordnung des Kirchengemeinderats der Neuen Marienkirchengemeinde. Ein steiler Anfang für mich, einerseits passend, andererseits mit Stress verbunden. Auch wenn sich die große Mehrheit in diesem Gremium für einen offenen Umgang mit gleichgeschlechtlich Liebenden in der Kirche aussprach, gab es doch drei Mitglieder, die nicht nur anders dachten, was ihr gutes Recht ist, sondern auch in einer Weise über gleichgeschlechtlich liebende Menschen sprachen, und das in meiner Gegenwart, die mich verletzte und verstummen ließ. Zwar gab es einen zustimmenden Beschluss zur Regenbogen-Initiative, aber diese Minderheit im Kirchengemeinderat reichte aus, das dann doch nicht in der Gemeinde bekannt zu machen.

So ließ sich diese Kirchengemeinde nicht offiziell als „Regenbogengemeinde“ registrieren im Unterschied zu drei anderen Reutlinger Stadtkirchengemeinden, die sogar zu den 16 „Gründungsgemeinden“ der Initiative Regenbogen gehörten. Bei den meisten KollegInnen konnte ich mich von Anfang an offen zeigen und musste mich nicht verstecken, das war gut. Und in Reutlingen erlebten B und ich auch zum ersten Mal eine

Segnung eines lesbischen Paares in der Kirche – was aber nicht an die große Glocke gehängt wurde.

Ehe für alle – und unsere überraschende Hochzeit

Als Anfang Juli 2017 die Württembergische Landessynode nicht wie üblich in Stuttgart, sondern in Reutlingen tagte, war die Überraschung aus Berlin erst wenige Tage alt: Nachdem Bundeskanzlerin Angela Merkel bei einer Veranstaltung angemerkt hatte, die Entscheidung über die „Ehe für alle" sollten die Abgeordneten nach ihrem Gewissen treffen, hatte sich innerhalb weniger Tage eine unglaubliche Dynamik entwickelt, sodass in der letzten Sitzung des alten Bundestages das Gesetz zur „Ehe für alle" eingebracht und mehrheitlich beschlossen wurde. Auch etwa 80 Mitglieder der CDU/CSU stimmten dafür, wenn auch nicht die Bundeskanzlerin, doch die Mehrheit stand und am 30. Juni rieben wir uns die Augen.

Damit erfolgte in Deutschland nach den jahrelangen rechtlichen Anpassungen für eingetragene Partnerschaften nun die volle rechtliche Gleichstellung mit der bisher ausschließlich heterosexuell definierten Ehe, gesetzlich ab Oktober 2017. Offenbar war die Zeit jetzt auch in Deutschland reif, die Ehe für gleichgeschlechtliche Paare zu öffnen.

Jetzt gab es das gemeinsame Adoptionsrecht für gleichgeschlechtliche Paare.

Jetzt konnten auch gleichgeschlechtliche Paare von ihrem „Mann" oder ihrer „Frau" sprechen.

Und es sind diese familialen Selbstbeschreibungen, *an denen manchen sehr viel liegt, weil sie eine innige Zusammengehörigkeit ausdrücken und zugleich für einen anerkannten Status sorgen, der speziell im Trauerfall den Verlust sozialer Identität (als Witwer oder Witwe) abmildert.*[113]

Es kamen positive Reaktionen von evangelischen Bischöfinnen und Bischöfen. Der hessen-nassauische Kirchenpräsident Volker

Jung erklärte freudig, mit diesem Beschluss gehe die *lange Geschichte der Diskriminierung zu Ende*, und der Ratsvorsitzende der EKD, Bischof Heinrich Bedford-Strohm, wünschte sich, dass ein neues Bewusstsein entstehe *für das wunderbare Angebot der Ehe, in lebenslanger Treue und Verbindlichkeit miteinander leben zu dürfen*, während der katholische Berliner Erzbischof Heiner Koch bedauerte, dass der Gesetzgeber wesentliche Inhalte des Ehebegriffs aufgegeben habe, *um ihn für gleichgeschlechtliche Partnerschaften passend zu machen.*[114]

Natürlich wurde jetzt in den Kirchen der Ruf nach der „Trauung für alle" lauter, die bald auch in einigen weiteren der 20 evangelischen Landeskirchen eingeführt wurde.

Aus der württembergischen Kirche kamen erwartungsgemäß viel Kritik und Widerstand. Nur die Gruppierung „Offene Kirche" freute sich mit uns und forderte, nun gleichgeschlechtliche Trauungen zuzulassen, ohne dass die Trauordnung geändert werden müsste, da es dort ja heißt: *Es entspricht der Ordnung der Kirche, dass ihre Glieder, wenn sie eine Ehe eingehen, sich kirchlich trauen lassen.* Von unserer Kirchenleitung wurde das sofort zurückgewiesen und per Rundschreiben allen Pfarrämtern mitgeteilt, es gäbe keine automatische Anpassung, sondern es gälte das Selbstbestimmungsrecht der Kirchen.[115]

Und bei der Landessynode Anfang Juli in Reutlingen schoss dann „unser Thema" wieder wie eine Fontäne nach oben.

Natürlich interessierten sich auch die Medien viel mehr für die Reaktionen der württembergischen SynodalInnen auf dieses aktuelle Gesetz als für das geplante Tagungsthema „500 Jahre Reformation". Da auch der Südwestrundfunk (SWR) in der Landesschau Stimmen dazu bringen wollte, kam es zu Interviews mit dem Reutlinger Dekan und mir sowie mit einem Reutlinger Kirchengemeinderat, der zugleich Synodaler und Sprecher der „Offenen Kirche" war, als auch mit einem streng pietistischen Pfarrer aus einer Landgemeinde.

Das war ein weiterer Schritt, Gesicht zu zeigen, dieses Mal im Fernsehen in einer Sendung, die von vielen „im Ländle" gesehen wurde. Jedenfalls wurde ich später noch oft darauf angesprochen.

Die Ausstrahlung am Donnerstagabend 6. Juli bewirkte allerdings bei der Synodalpräsidentin und einigen anderen Pietisten große Verärgerung. Tags darauf am sogenannten „Abend der Begegnung" zwischen Synode und GemeindevertreterInnen aus dem Kirchenbezirk Reutlingen, den ausgerechnet wir im Dekanat lange vorbereitet hatten, war das noch zu spüren. Hatte doch nicht zuletzt die Synodalpräsidentin von der „Lebendigen Gemeinde" alles daran gesetzt, das Thema in „Klausur" zu halten, weil sie wohl meinte, auf diese Weise besser zu einer Lösung für Württemberg zu kommen.[116]

Für uns privat war es wichtig, im ersten Jahr nach dem überraschenden Bundestagsbeschluss zur „Ehe für alle" im Juni 2018 auf das Tübinger Rathaus zu gehen, um standesamtlich zu heiraten. Damit gehörten wir zu den knapp 47 000 gleichgeschlechtlichen Paaren, die von Oktober 2017 bis Dezember 2019 die Ehe schlossen.[117]

Einerseits etwas verrückt, 14 Jahre nach unserer Verpartnerung und 13 Jahre nach unserem Segnungsgottesdienst. Andererseits war es uns persönlich wichtig, auch als Zeichen, dass es sehr wohl einen Unterschied macht zwischen Verpartnerung und Verheiratung. Auch wenn mir das Wort *meine Frau* immer noch nicht so einfach von den Lippen geht und ich oft noch von der *Partnerin* spreche.

Wieder war es ein Bilderbuch-Sommertag, an dem wir mit dem Sohn meiner Partnerin und dieses Mal noch sechs Freundinnen ins Trauzimmer im schönen Tübinger Rathaus am Marktplatz zogen. Dass die junge Standesbeamtin so sprach, als hätte sie ein junges Hetero-Paar vor sich und nicht ein Seniorinnen-Frauenpaar (wir waren bei der Hochzeit 63 und 71 Jahre alt!), könnte „frau" zwar gutwillig als Zeichen der vollen Gleichberechtigung deuten, aber es war doch ziemlich daneben. Unserer Stimmung tat das aber keinen Abbruch. Zum Fototermin durften wir natürlich auch auf den Blumenbalkon und winkten hinunter zum Marktplatz. Da B kaum über die üppigen Geranien hinaussehen konnte, waren wir vermutlich trotz Sommerkleidern von dort aus nicht als Frauenpaar erkennbar. Am Hölderlinturm stiegen wir in einen Stocherkahn und ließen uns neckarabwärts „ans andere Ufer“ bringen, unweit unserer Wohnung.

Auf die Veröffentlichung in den Tübinger standesamtlichen Nachrichten verzichteten wir, aber in der Zeitschrift „a+b“ haben wir es kurz darauf angezeigt unter der Rubrik „Aus der Pfarrfamilie“ unter „Eheschließung/Ehejubiläum“. Wir waren nicht das erste Frauenpaar, das dort genannt wurde – das erste Männerpaar kam aber erst zwei Jahre später. Und bald darauf gab ein Frauenpaar die Geburt ihres Kindes bekannt. Ich weiß nicht, wie viele sich über solche Meldungen aus der Pfarrfamilie aufgeregt haben, aber manche haben auch sehr herzlich gratuliert. Ja, und es gab mehrere kirchliche Angestellte im Matthäus-Alber-Haus in Reutlingen, wo ich zu dieser Zeit meinen Arbeitsplatz hatte, die sich ausdrücklich bei mir bedankten für dieses Signal – manche auch, weil sie selbst homosexuelle Angehörige hatten. Natürlich musste ich die Eheschließung an den OKR melden. Aber dieses Mal kamen aus dem Personalreferat – anders als vor 14 Jahren bei der Verpartnerung – Segenswünsche *Ihnen und Ihrer Ehefrau*!

Unsere „Hochzeitsreise“ war dann eine 4-tägige Radtour durch das Jagst- und Kochertal, das wir in diesen frühen Sommertagen sehr genossen haben.

Hilde Domin: Windgeschenke

Die Luft ein Archipel
von Duftinseln.
Schwaden von Lindenblüten
und sonnigem Heu,
süß vertraut,
stehen und warten auf mich
als umhüllten mich Tücher,
von lange her
aus sanftem Zuhaus
von der Mutter gewoben.

Ich bin wie im Traum
und kann den Windgeschenken
kaum glauben.
Wolken von Zärtlichkeit
fangen mich ein,
und das Glück beißt
seinen kleinen Zahn
in mein Herz.[118]

Das württembergische Drama um die Segnung – eine unendliche (?) Geschichte

Auch wenn sich in zwei Jahrzehnten etwas bewegt hat, stand in Württemberg immer noch aus, dass gleichgeschlechtlich liebende Paare ohne alle möglichen Verrenkungen einen öffentlichen Segnungsgottesdienst feiern können – wie mittlerweile in so gut wie allen anderen Landeskirchen, wenn nicht sogar die Kirchliche Trauung – wie schon in einigen Landeskirchen. So hatten die anderen also dieses „Problem" schon mehr oder weniger lange gelöst und waren frei für andere dringende Aufgaben und Themen. Ob auf dem andauernden württembergischen Drama um den Segen auch ein Segen liegt, frage ich mich schon.

Den Höhepunkt erreichte dieses Drama in mehreren Akten 2017 bis 2020 und es ist auch heute noch nicht zu Ende.

Wer sich dieses Drama nicht zumuten möchte, kann dieses Kapitel auch getrost überblättern.

1. Akt: 24. Juni 2017: Studien- bzw. Klausurtag der Synode in Bad Boll (6 Tage vor dem Bundestagsbeschluss)

„Seelsorgerlich und kirchlich verantworteter Umgang mit der Verpartnerung gleichgeschlechtlicher Paare“ lautete das Thema – was für eine bürokratische Sprache. Und dann folgte Vortrag auf Vortrag – von Professorin Magdalene L. Frettlöh, der einzigen Frau, die sich zudem klar für die Segnung bzw. Trauung von homosexuellen Menschen positionierte, vier weiteren Theologieprofessoren und zwei Mitgliedern des OKR.[119] Uns aus dem LSK, der ärgerlicherweise wieder nicht eingeladen war, erschien das als Flucht in die Theorie, die ohne Begegnung eben auch nichts bewegt, wie sich nach dieser Tagung wieder zeigen sollte … Oder hatte man Angst davor, dass etwas in Bewegung geraten könnte?

Es wollte aber auch nicht gelingen, das Thema im geschlossenen Raum im Griff zu halten, denn kurz zuvor war bekannt geworden, dass die Stuttgarter Prälatin Gabriele Arnold die Schirmherrschaft über den diesjährigen Stuttgarter CSD im Juli 2017 übernehmen würde. Diese couragierte Entscheidung fand einerseits viel Zustimmung, andererseits wurde die Prälatin scharf kritisiert, von Schmähbriefen und -mails überflutet, auch zum Rücktritt aufgefordert.[120]

Rückblickend sagte Gabriele Arnold zur Übernahme der Schirmherrschaft:

> *Natürlich ist das keine kirchliche Community, aber es ist wichtig, als Kirche rauszugehen und zu zeigen, dass wir da sind und die Menschen wertschätzen. Gerade homosexuelle Communitys sind manchmal sehr skeptisch gegenüber der Kirche. Denen möchte ich sagen: Ich sehe eure Verletzungen, aber ich bitte euch, auch wahrzunehmen,*

dass Homosexualität für viele in der Kirche inzwischen selbstverständlich ist. […] Ich habe mir natürlich nicht vorgestellt, dass Leute fordern könnten, mich des Amtes zu entheben. Aber dann habe ich mir gedacht: Wenn mich die Schirmherrschaft wirklich mein Amt als Prälatin kostet, dann gehe ich gern wieder ins Pfarramt zurück. Man muss ja auch noch morgens in den Spiegel gucken können.[121]

2. Akt: Novembersynode 2017: Ablehnung der Anträge

Schon im Vorfeld dieser Synode hatten sich so viele wie selten in Interviews oder Briefen an die SynodalInnen engagiert. Aus Tübingen meldeten sich die Theologiestudierenden samt Stiftsephorus zu Wort und baten dringend um die Ermöglichung einer Segnung.

Dass der erste Antrag, eingebracht von der Offenen Kirche OK, eine Trauhandlung für gleichgeschlechtliche Paare zu ermöglichen, scheiterte, war zu erwarten.

Dass aber der zweite Antrag, die „Einführung einer Ordnung der Amtshandlung anlässlich der bürgerlichen Eheschließung bzw. Verpartnerung zwischen zwei Personen gleichen Geschlechts", die sich klar von der Trauung unterscheidet, eingebracht vom Landesbischof, die erforderliche Zweidrittelmehrheit um zwei Stimmen verfehlte, war ein kleiner Schock, der nicht nur uns als „Betroffene" empörte und frustrierte.[122]

So hat eine Minderheit in der Synode, die für sich den Gewissensschutz einforderte – aber niemand und keine Gemeinde wäre zu dieser „Amtshandlung" verpflichtet gewesen –, den anderen verwehrt, nach ihrem Gewissen zu handeln und gleichgeschlechtlich liebende Menschen zu segnen. Das hatte schon spalterische Energie. *Homosexualität spaltet Synode* titelte dann auch das Evangelische Gemeindeblatt am 10. Dezember 2017.

Als das Ergebnis verkündet wurde, saßen ein paar Frauen aus dem LSK und Mitglieder der Studierenden-Initiative „BunT fürs Leben" auf der Zuschauerempore. Wir hielten unsere vorbereiteten Plakate über die Brüstung (*UNSERE KIRCHE IST BUNTER*

ALS DIE SYNODE) und stimmten das Spiritual der US-amerikanischen Bürgerrechtsbewegung und aller diskriminierten Minderheiten an: *We shall overcome some day …*

Dass wir von der Synodalpräsidentin nicht des Saales verwiesen wurden wegen unerlaubter Demonstration, haben wir wohl nicht nur der Tatsache zu verdanken, dass dieses Lied auch im württembergischen Evangelischen Gesangbuch steht (EG 652). SynodalInnen der OK und einige andere erhoben sich spontan und sangen mit!

3. Akt: Frühjahrssynode 2019: Zustimmung zum neuen Kompromissvorschlag samt Handreichung

Nach der misslungenen Synodalentscheidung vom Herbst 2017 bekannten Dutzende württembergische PfarrerInnen, einen Segnungsgottesdienst nicht verweigern zu wollen, weil sie das nicht mit ihrem Gewissen vereinbaren könnten. Da aber ein dienstrechtliches Vorgehen des OKR gegen diese PfarrerInnen jedes Mal in den Medien große Wellen schlagen würde, war der Druck groß, bald eine Lösung zu finden.[123] Das forderte auch eine große Mehrheit der württembergischen DekanInnen.

Wieder ohne Gespräch mit uns wurde nun im Oberkirchenrat eine „Lösungs"-Konstruktion mit allen möglichen Verrenkungen entwickelt, die ausreichend Zustimmung finden könnte: „Segnungsgottesdienste" sollen nicht in der ganzen Landeskirche eingeführt werden, sondern höchstens 25 Prozent der Gemeinden können einen „solchen" Gottesdienst, wie er genannt wurde, anbieten, wenn sie sich auf ein kompliziertes Verfahren einließen.[124]

Als der Landesbischof im November 2018 zum Gespräch nach Bad Urach ins Pastoralkolleg kam, wo ich zusammen mit anderen einen Kurs „Auf der Schwelle zum Ruhestand" machte, meinte er, damit würde der Segnung gleichgeschlechtlicher Paare eine Tür geöffnet. Doch da musste ich schon anmerken, dass es sich m.E. doch allenfalls um eine Stalltür handle.

In der Frühjahrssynode 2019 gab es dann eine zustimmende Mehrheit von 70 Prozent (auch Stimmen aus der konservativen Gruppierung) zu diesem neuen Kompromissvorschlag, der „Einführung von Gottesdiensten" anlässlich der bürgerlichen Eheschließung/Verpartnerung „zweier Personen gleichen Geschlechts" – und auch, „wenn zumindest eine Person weder dem männlichen noch dem weiblichen Geschlecht angehört". Der Alterspräsident dieser Synode, der Tübinger Dr. Harald Kretschmer (OK), kommentierte: *Dass in einem Viertel der Kirchengemeinden Segnung ermöglicht werden soll und in dreiviertel nicht, ist für mich nicht verständlich und klingt meines Erachtens weniger nach versöhnter Vielfalt als vielmehr nach unversöhnter Einfalt.*[125]

Und zu Recht meinte die Tübinger Professorin für Praktische Theologie Birgit Weyel, dass damit die Diskriminierung fortgeschrieben würde.[126]

Diese Handreichung ist für uns schwer erträglich. In einem „solchen" Gottesdienst wird nicht wirklich ein Paar angesprochen, das seine Liebe vor Gott bringt und feiert und um den Segen bittet.

Exkurs zur Handreichung:[127] Tunlichst wird im Gesetz und der dazugehörenden Handreichung vermieden, von „Segnungsgottesdienst" und einem „Paar" zu sprechen, auch wenn die Handreichung jetzt unter „Handreichung Segnung" läuft. Sie ist weniger von theologischem als von juristischem Denken geprägt. Und nicht wir sind im Blick, sondern die pietistischen Kreise, denen man möglichst keine Angriffspunkte liefern möchte. Die jetzige Liturgie dieses Gottesdienstes versucht, sich insbesondere an die Konfirmationsliturgie (!) anzulehnen, um den Abstand zur Hetero-Trauung liturgisch zu markieren: Es geht um eine Individualsegnung (auf den Kopf) und nicht um eine Paarsegnung, es gibt keinen gemeinsamen Trauspruch, sondern ein oder zwei Denksprüche, die Traufrage wird ersetzt durch die Verpflichtungsfrage.
Bereits im Eingangsgebet wird betont: ... *Wir wissen, dass ein Lebensweg voller Gefahren ist, auch wenn man ihn gemeinsam geht. Wie viele Gefahren und Schwierigkeiten kommen alle Tage auf uns zu. Sie bedrohen uns. Wir wissen oft nicht, wie wir solche Situationen bewältigen können. Diese Erfahrung werden auch N.N und N.N. in ihrem gemeinsamen Leben machen ...*

Aber trotz aller Rücksichtnahme auf die Evangelikalen blieb deren Protest auch dieses Mal nicht aus, und das „Netzwerk Bibel und Bekenntnis“ (NBB) Arbeitskreis Württemberg veröffentlichte im April 2020 eine 72-seitige Gegen-Handreichung (ausdrücklich als Handreichung für Kirchengemeinderäte betitelt) „Was Gott nicht segnet, kann die Kirche nicht segnen“.

Das aber brachte noch im gleichen Monat die Evangelisch-Theologische Fakultät in Tübingen mit ihrem Dekan, dem Kirchenhistoriker Prof. Dr. Volker Leppin, zu einer einmütigen kritischen Reaktion, die an Deutlichkeit nichts zu wünschen übrig ließ: In diesem „Offenen Brief des Professoriums“ ist von *theologisch unhaltbaren Behauptungen* und von *unerträglichen Ansichten* die Rede. Ausdrücklich wird bedauert, dass diese auch von Personen vertreten werden, die früher kirchenleitend tätig waren bzw. derzeit in der Begleitung von Theologiestudierenden engagiert sind. Und: *Der in der Handreichung proklamierten Zielsetzung, unter Berufung auf „das“ Bekenntnis die Einheit der württembergischen Landeskirche kirchenrechtlich in Frage zu stellen und eine Bekenntnissynode bilden zu wollen, fehlt jegliche theologische Rechtfertigung.*[128]

Dieser Offene Brief enthält zudem klare Botschaften, wie wir sie uns schon lange gewünscht hatten:

– Die Orientierung an den biblischen Grundlagen des christlichen Glaubens *bedeutet nicht ein bloßes Rezitieren biblischer Texte. Vielmehr geht es darum, ihren Christusbezug verstehend zur Geltung zu bringen*[129] – und so geschieht nach reformatorischem Verständnis die Vermittlung des Evangeliums durch Predigen, also Auslegen, und nicht durch Rezitieren der Schrift.

– Dem Charakter der guten Schöpfung wie dem des Evangeliums entspricht es, *wenn auch gleichgeschlechtliche Beziehungen wie alle anderen partnerschaftlichen Beziehungen in Freiheit gestaltet werden.*[130]

Daher sei es theologisch unhaltbar, gleichgeschlechtlichen Paaren den Segenzuspruch vorzuenthalten.

4. Akt: Ab Januar 2020: Beginn des „Verfahrens" zum Gottesdienst

Nach zwei Jahren, im Frühjahr 2022, waren es laut Auskunft des OKR gerade mal etwas über 70 Gemeinden, die dieses Verfahren in der Corona-Zeit durchgemacht haben, dazu ein gutes Dutzend, die dabei sind. Dass zu diesen „segnenden" Gemeinden nur 37 der 110 Gemeinden aus der Initiative „Regenbogen" zählten, ist bezeichnend und zeigt, dass viel mehr Gemeinden die Segnung befürworten, aber das Verfahren zu bürokratisch und mühsam ist. 96 Gemeinden (Stand 11/2022), das sind natürlich viel zu wenige, angesichts von mehr als 1 000 Gemeinden und 44 Kirchenbezirken, um als ein einladendes ortsnahes Angebot zu gelten. Die Gemeinden, die ihre Gottesdienstordnung bereits geändert haben, sind nun auf einer Liste zu finden unter „Evangelische Kirchengemeinden mit Segnungsgottesdiensten für gleichgeschlechtliche Paare".[131]

Im Oktober 2020, als ich bei einer „vertieften Befassung", einer der Voraussetzungen für einen „solchen" Gottesdienst, in einer Kirche in Stuttgart war, erzählte ich von meinem Weg als lesbische Pfarrerin in Württemberg und gab meiner Hoffnung Ausdruck: *Auch wenn die Handreichung eher einem Hürdenlauf gleicht und die Liturgie sperrig ist, bin ich dankbar, dass Gemeinden wie Sie sich auf diesen mühsamen Weg machen, und hoffe, dass die Gottesdienste in der Praxis dann eine segensreiche Sprache sprechen und den Geist Jesu „atmen"*.

Wenn mindestens ein Viertel, also nach derzeitigem Stand etwa 300 württembergische Gemeinden „solche Gottesdienste" anbieten, ist die Synode verpflichtet, das Thema wieder auf die Tagesordnung zu setzen. Natürlich hoffen wir, dass das schon früher geschieht. Denn der Segnungsgottesdienst für gleichgeschlechtliche Paare, der nicht nur offiziell so heißen darf, sondern auch inhaltlich-liturgisch einer ist, ohne Verrenkungen, steht immer noch aus, erst recht die volle Gleichstellung mit der Trauung, die ja nach evangelischem Verständnis nichts anderes ist als die Segnung eines verheirateten Paares.[132] Das ist auch ein wichtiges Anliegen der Initiative „Regenbogen“, die daher weiterhin aktuell ist und die Unterstützung von Gemeinden braucht.

5. Akt: Mai 2020: Erster „Segnungsgottesdienst“ nach Württemberger Art

Als es nach mehrwöchiger Gottesdienstpause im ersten Corona-Lockdown wieder möglich war, fand der erste offiziell gestattete evangelische Gottesdienst anlässlich einer bürgerlichen Eheschließung von Menschen gleichen Geschlechts in Württemberg statt. Ein schwules Paar feierte ihn im Mai eine Woche vor Pfingsten im Rahmen des Sonntagsgottesdienstes in der Leonhardskirche in Stuttgart. Den beiden Männern, die nach Konversionen aus dem Katholizismus und Islam in der evangelischen Kirche eine neue Heimat gefunden hatten, war die Segnung nach der standesamtlichen Trauung sehr wichtig. Das Presseecho auf diesen ersten „Segnungsgottesdienst“, wie er dann doch überall genannt wurde, war groß, und der Pfarrer erhielt viele zustimmende, aber auch einige negative Reaktionen.[133]

Exkurs zur Leonhardskirche: Dass es zufällig die Leonhardskirche war, ist doch noch zwei Bemerkungen wert.
Zum einen: Unweit der Leonhardskirche lag früher vor dem Stadttor zum Leonhardsviertel der Richtplatz, genannt die Hauptstatt, heute Wilhelmsplatz. Dort wurde 1659 auch der „Sodomit“, der Jurist Hans Ludwig Funk, hingerichtet – nicht der einzige Homosexuelle, wie der Tübinger Stadtarchivar in seinem Beitrag im Ausstellungskatalog des Stadtmuseums schreibt. Denn das Klima des Hasses gegenüber diesen Menschen wurde nach dem Dreißigjährigen Krieg auch von evangelischen Predigern geschürt, nicht zuletzt vom Esslinger Superintendenten Adam Weinheimer in seinem 1661 erschienenen Buch: „Sodom des abscheulichen hochsträfflichen Lasters der Unzucht“.[134]
Zum anderen: In der Leonhardskirche hat der Humanist und bedeutende Hebraist Johannes Reuchlin (1455–1522) seine letzte Ruhestätte gefunden. Anders als sein Zeitgenosse Martin Luther hatte er selbst das judenfeindliche Denken überwunden und war antijüdischen Verleumdungen entgegengetreten. Nun hat die Feindschaft gegenüber jüdischen und homosexuellen Menschen ja eines gemeinsam, dass nämlich Menschen wegen ihres Soseins diskriminiert

und auch verfolgt werden, dass allein ihr Anderssein und nicht eine Handlung oder Überzeugung sie zur Zielscheibe von Ausgrenzung und Hass macht. So war die Leonhardskirche m.E. ein passender Ort für den ersten offiziellen „Segnungsgottesdienst" für homosexuelle Menschen in Württemberg!

Für manche gleichgeschlechtlichen Paare mag die Möglichkeit solcher Gottesdienste ein wichtiger Schritt sein, aber nicht (mehr) für alle, auch nicht für die lesbische Kollegin:

Ich erlebe es in meiner Partnerschaft genauso wie alle Paare, ob hetero- oder homosexuell, diese Liebe ist ein wunderbares Geschenk und eine enorme Bereicherung meines Lebens, aber diese Liebe will auch gestaltet und bewährt werden über die Jahre und es ist nicht selbstverständlich, dass sie gelingt. Und menschliche Anstrengung und „Es-recht-machen-Wollen" können ein Gelingen und ein Glück der Liebe nicht herstellen. Dazu bedarf es mehr, nämlich den Segen des Unverfügbaren. Natürlich hätte es mir bzw. uns auch gutgetan, wenn uns der in einem Gottesdienst zugesprochen worden wäre und natürlich kränkt es mich tief, dass meine eigene Kirche auch nach so vielen Jahren Diskussion kein Ja dazu finden kann, meine Partnerschaft überhaupt als des Segens würdig anzusehen – oder wenn, dann nur mit 1000 Zusatzklauseln und Vorbehalten (Abstandsgebot heißt das in kirchlicher Sprache). Ehrlich gesagt: Für mich verdirbt dann etwas an diesem Segen; es widerspricht doch der verschwenderischen Großherzigkeit dessen, der der Spender des Segens aus seiner göttlichen Fülle ist. Ich persönlich möchte diesen abgeknauserten, nach Proporz zugestandenen Segen für unsere Beziehung nicht haben, aber ich empfinde mich als gesegnet, dass unsere Liebes-Beziehung auch nach einem Vierteljahrhundert und auch nach durchgestandenen schwierigen Zeiten immer noch eine Quelle der Kraft und Freude in meinem Leben ist – da lass ich mir von keiner Synode mehr dreinreden, dass ich das nicht so sehen darf. Die Freiheit nehm' ich mir inzwischen.

In unserem KreisLes sind mittlerweile bereits mehrere Frauenpaare ein Vierteljahrhundert zusammen. Ein Frauenpaar feierte vor ein paar Jahren die „Silberhochzeit" nach 25 Jahren gemeinsamem Weg – mit einem Segnungsgottesdienst.

25 Jahre später – feiern und weiterarbeiten

Auch bei uns sind es inzwischen mehr als 25 Jahre, seit wir ein Paar sind. Da unsere Beziehung vom ersten Augenblick an „zählte“, haben wir nur knapp zwei Jahre nach der standesamtlichen Hochzeit bereits für uns die „Silberhochzeit“ gefeiert, im Frühjahr 2020, mitten im ersten Corona-Lockdown – nicht in Italien, aber mit einem gelieferten Essen vom italienischen Restaurant. Und immerhin hatte B eine passende Karte mit „unserer“ italienischen Landschaft gefunden, darauf aufgedruckt die Spruchweisheit: *Nur dem, der den Mut hat, den Weg zu gehen, offenbart sich der Weg.*[135]

Ja, der Weg hat sich uns offenbart, und wir können dankbar zurückblicken auf viele gemeinsame Jahre, in denen wir uns als mit Liebe Gesegnete erfahren haben.

Es ist ein (Regen-)Bogen über ein Vierteljahrhundert geworden: ein Hineinwachsen in eine Lebensform, die neu war für uns persönlich, deren Akzeptanz sich Schritt für Schritt weiter entwickelt hat in Gesellschaft und Kirche – und wir waren Teil dieser Entwicklung. Die Gesellschaft hat sich verändert und die lesbisch-schwule Emanzipationsbewegung und die LSBTTIQ-Bewegung hat auch die Kirche erreicht.

Einen Monat vor Beginn unserer Beziehung gab es in Württemberg die erste öffentliche kirchliche Stellungnahme zur Homosexualität, einen Monat nach unserem 25-Jährigen fand der erste offizielle „Segnungsgottesdienst“ für ein gleichgeschlechtliches Paar statt.

Auch wenn außerhalb Württembergs bekanntlich kirchenpolitisch mehr passiert ist in dieser Zeit, so ist selbst in Württemberg manches möglich geworden, auch was gleichgeschlechtlich liebende PfarrerInnen anbetrifft.

So wurde im Februar 2022 vom hiesigen OKR-Kollegium beschlossen, dass sich homosexuelle Pfarrpersonen wie alle anderen auf eine Pfarrstelle bewerben können und als verheiratetes Paar im Pfarrhaus leben dürfen.

Noch einmal die Stimme einer Kollegin aus dem Jahr 2019: *Wir sind tatsächlich zu einer Möglichkeit im kirchlichen Leben geworden – eine Minderheit zwar, eine problematische Existenz immer noch vielerorts, von der Mehrheit übersehen oder mit wilden Unterstellungen belegt – aber doch eine Möglichkeit: benennbar, sichtbar und an immer mehr Orten auch in der Kirche, selbst hier in Württemberg, sogar ganz selbstverständlich gleichberechtigt, sogar willkommen.*

In einem Dorf in Niedersachsen ist es schon länger möglich, dass zwei miteinander verheiratete Pastorinnen mit Kind im Pfarrhaus leben, offen und sogar öffentlich. Auf ihrem YouTube-Kanal „Anders Amen" erzählen Steffi und Ellen Radtke aus ihrem Leben als lesbisches Pastorinnenpaar. Es hat sich etwas bewegt, aber es hat auch eine Generation „gebraucht"!

Rückblickend sagt Prälatin Gabriele Arnold/Stuttgart: *Zu meinen Studienzeiten Anfang der 80er Jahre haben wir alle Landeskirchen befragt, ob es denkbar sei, dass Lesben und Schwule Pfarrer werden. Die Antworten lauteten ausnahmslos, das sei völlig unvorstellbar. Natürlich war das für alle Lesben und Schwulen grauenvoll, weil es ihre Lebenszeit war, in der sie diese Haltung ertragen mussten. Aber wenn man die Entwicklung der Kirche im Rückblick sieht, bin ich guter Dinge, dass wir die nächsten Schritte auch noch schaffen.*[136]

Natürlich stellt sich auch die kritische Frage, ob es nicht dringende andere Aufgaben gegeben hätte, in die wir und die Kirche mehr Zeit und Kraft hätten investieren sollen – soziale Gerechtigkeit, Bewahrung der Schöpfung u.s.w. Und ich bedauere es sehr, um nur ein Beispiel zu nennen, dass der Kampf gegen Sexkauf, gegen Menschenhandel und Gewalt in der Prostitution ein Schattendasein führt und die Diskussion darüber mit viel weniger Energie geführt wird als die um Homosexualität. So ist leider auch der Beschluss der württembergischen Landessynode von 2019, der Kampagne „Rotlicht aus!" beizutreten, kaum Thema in der Landeskirche.

Wenn uns allerdings von anderen vorgehalten wird, dass es wichtigere Probleme gebe, dann kann ich da nur die Äußerung von Monika Barz 2020 unterstreichen:

> *Es ist nicht die LSBTTIQ-Community, die sich wünscht, dass über sie geredet wird. Im Gegenteil, LSBTTIQ-Menschen wünschen sich, dass Kirche und Gesellschaft damit aufhören, sie zum Dauer-Problemthema zu machen. Sie wünschen sich, in Ruhe als „normale" Bürgerinnen und Bürger leben und arbeiten zu können. […]*
> *Es gibt für die Menschheit dringliche Probleme, die gemeinsam angepackt werden müssen. Viel Energie in Kirchen und Mehrheitsgesellschaft kann freigesetzt werden, wenn LSBTTIQ-Menschen nicht als Problem definiert werden, sondern die Potenziale der Vielfalt gemeinsam genutzt werden.*[137]

Doch selbstkritisch hinterfragt schon 1997 die lesbisch-feministische Theologin Eske Wollrad: *Gibt es irgendetwas, das wir uns sehnlicher wünschen als geachtete Mitglieder der großen Weißen westlichen Dominanzfamilie zu sein?*, und zitiert die afrikanisch-amerikanische lesbische Dichterin und Kämpferin Audre Lorde: *Ich bin nicht frei, solange noch eine einzige Frau unfrei ist, auch wenn sie ganz andere Fesseln trägt als ich. Ich bin nicht frei, solange noch ein einziger Schwarzer Mensch in Ketten liegt. Und solange seid ihr auch nicht frei.*[138]

Aber zur Ruhe setzen können wir uns auch nicht beim Thema Homosexualität. Nicht nur feiern, sondern weiter arbeiten und auch kämpfen ist angesagt. Das Erreichte muss nicht nur bewahrt werden, sondern es steht noch manches aus.

Das zeigt auch die aktuelle Studie, die Monika Barz über 30 Jahre nach dem wegweisenden Buch von 1987 verfasst hat: „Lesbisch, schwul, transsexuell … Fallstudie über Erfolgsfaktoren bei der Berufseinmündung sozialer Fachkräfte in Kirche, Diakonie und Caritas", 2020. Die positive Formulierung des Titels darf nicht darüber hinwegtäuschen, dass in den – anonymen – Interviews auch von vielen Diskriminierungsbefürchtungen und -erfahrungen die Rede ist. Zwar haben die Interviewten Verständnis in ihren Teams und Offenheit in ihrem Kollegium erfahren, aber: *Sie ersetzen für die Befragten nicht offizielle inhaltliche Positionierungen, die entschieden Diskriminierungen entgegentreten …* und so wird *als zentraler Wunsch formuliert, Kirche,*

Diakonie und Caritas mögen durch klare Stellungnahmen mit dazu beitragen, dass religiös legitimierte Diskriminierungen beendet werden.[139]

Wie groß die Bandbreite der Einstellungen in der evangelischen Kirche in Deutschland bis in die Gegenwart hinein ist, zeigt sich auch an dem Bruderpaar Latzel. Auf der Synode der Evangelischen Kirche im Rheinland im Januar 2021 meinte Thorsten Latzel vor seiner Wahl zum Präses (entspricht dem Landesbischof), Homosexualität sei in Frankfurt *so normal wie Kaugummikauen*. Diese etwas merkwürdige Formulierung ist vermutlich der vehementen Abgrenzung von seinem Bruder Olaf geschuldet, der als Bremer Pastor wegen seiner Aussagen zur Homosexualität zwei Monate zuvor wegen Volksverhetzung verurteilt worden ist – ein Urteil, das in höherer Instanz im Jahr darauf wieder aufgehoben worden ist.[140]

Und in der katholischen Kirche ist das „Thema“ im März 2021 wieder richtig „hochgekocht“. Da ging zum einen die Nachricht durch die Medien, dass der frühere Prior des bekannten oberbayerischen Klosters Andechs, Anselm Bilgri, einen Mann heiratet – sowohl standesamtlich als auch in einer kirchlichen Zeremonie in der liberaleren altkatholischen Kirche, in die er inzwischen übergetreten ist. Dieser nennt auch Schätzungen, nach denen ein Drittel der katholischen Priester in homosexuellen Beziehungen lebe.[141]

Zum anderen veröffentlichte am 15. März die vatikanische Glaubenskongregation mit Einverständnis von Papst Franziskus – was nach seinen früheren Äußerungen enttäuscht – ein „Responsum“ (Antwort), das sich klar gegen die Segnung gleichgeschlechtlicher Paare ausspricht. Das löste in der katholischen Kirche einen Sturm des Protests aus, erst recht, da in der katholischen Kirche ja sonst großzügig vieles gesegnet wird. Rund 200 deutschsprachige TheologieprofessorInnen kritisierten den *paternalistischen Gestus* und die mangelnde *theologische Tiefe* des Papiers, Tausende katholische Priester und pastorale MitarbeiterInnen widersprachen, selbst Bischöfe gingen auf Distanz.[142] Kirchengemeinderäte (darunter die katholische Tübinger Gesamtkirchengemeinde) positionierten sich für die Segnung von homosexuellen Paaren, was nun je nach Einstellung des zuständigen Bischofs unterschiedlich gehandhabt werden wird. Viele katholische Kirchengemeinden „bekannten Farbe“ und hängten die Regenbogenflagge an ihre Kirchen. Und am 9. und 10. Mai 2021 wurden unter dem Motto #liebegewinnt bundesweit rund 100 „Segnungsgottesdienste für Liebende“ angeboten, zu denen ausdrücklich gleichgeschlechtliche Paare eingeladen waren. Freilich wird hier die Segnung deutlich vom Sakrament der Trauung unterschieden, aber trotzdem: Es ist eine außergewöhnliche Aktion, die es in dieser Art bisher noch nicht gab!

Und dann folgte am 24. Januar 2022 in der ARD der Film „Wie Gott uns schuf“, in dem 125 nicht-heterosexuelle Mitarbeitende aus der katholischen Kirche ihr Gesicht zeigen und erzählen. Diese Aktion von #outinchurch bewegt die katholische Kirche seitdem.

Noch immer gibt es starke Gegenkräfte und lautstarke homophobe und transfeindliche Stimmen sowohl in der evangelischen wie in der katholischen Kirche und in der Gesellschaft. Christlich-fundamentalistische, rechtspopulistische und rechtsextreme Gruppen kämpfen auch bei uns voller Vorurteile und Hass gegen gleiche Rechte und Entfaltungsmöglichkeiten für LSBTTIQ-Menschen, *laufen Sturm gegen eine Pädagogik der Vielfalt oder diffamieren das Bemühen um Geschlechtergerechtigkeit.*[143]

Zur Ruhe setzen können wir uns also noch nicht, erst recht nicht, solange homosexuelle Menschen in unserer Gesellschaft immer wieder Opfer von Gewalt und Aggression werden. 2019 wurden in Deutschland 147 von Homo-Hass motivierte Gewalttaten (Tendenz steigend) gezählt und im Oktober 2020 wurde in Dresden auf offener Straße ein schwules Paar Opfer eines islamistischen Angreifers, bei dem einer der Partner getötet wurde.[144]

Es steht noch manches aus, erst recht beim Blick über die Grenzen Deutschlands hinaus: Schon in unserem direkten großen

Nachbarland im Osten, in Polen, werden LGBT-ideologiefreie Zonen ausgewiesen (LGBT: englische Abkürzung für Lesbian, Gay, Bisexual, Transgender), vertreten katholische Bischöfe eine offen feindselige Haltung gegenüber allen LGBT-Personen, herrscht politisch ein aggressives Klima, auch wenn diese Haltung schon länger nicht mehr von einer Mehrheit der Polinnen und Polen geteilt wird.[145]

Der Krakauer Kinderarzt und Transgendermann Artur Barbara Kapturkiewicz berichtet über „seinen" Erzbischof, der sich nicht scheut, im Jahre 2019 von der *Regenbogenpest* zu sprechen, die Familie und Nation bedrohe. So würden die LGBT-Personen als Blitzableiter benutzt, um vom Problem des sexuellen Missbrauchs durch Priester abzulenken.[146]

Polen gehört auch zu den sechs EU-Ländern, in denen es nicht einmal eine eingetragene Partnerschaft gibt.

Ungarn ist ein negatives Beispiel für Rückschritt: Hatte es 1996 als erstes osteuropäisches Land und fünf Jahre vor der BRD die eingetragene Partnerschaft für gleichgeschlechtliche Paare eingeführt, hat das Parlament im Juni 2021 ein Zensurgesetz beschlossen, nach dem es für Jugendliche nicht einmal Informationen in Bezug auf Homo- und Transsexualität geben soll.

Und in Russland (mit der russisch-orthodoxen Kirche als größter Religionsgemeinschaft) gilt schon der öffentliche Diskurs über Homosexualität als Provokation, werden Schwule und Lesben geächtet.[147] Dass der orhodoxe Patriarch Kirill aus Moskau den Krieg in der Ukraine 2022 als notwendige Gegenwehr gegen „westliche Werte" wie die Gleichberechtigung Homosexueller darstellt, hat mich erschüttert.[148]

Es sind Beispiele aus christlichen Ländern Europas!

Außerhalb Europas müssen viele homosexuelle Menschen ihre Liebe immer noch mit Verfolgung und gar dem Tod bezahlen. Auch wenn es islamisch geprägte Länder gibt, in denen homosexuelle Handlungen nicht verboten sind, sind es derzeit vor allem acht islamische Länder, in denen die Todesstrafe droht. In 69 Staaten wird Homosexualität derzeit strafrechtlich verfolgt, vielerorts sind staatliche Behörden an der Unterdrückung der LGBT beteiligt, in vielen Fällen schüren politische und religiöse Führer ein Klima des Hasses.[149]

Wenn Menschen aufgrund ihrer sexuellen Orientierung oder Geschlechtsidentität verfolgt werden, können sie in Deutschland einen Asylantrag stellen.[150] Das Problem für die Asylsuchenden aber ist, darüber zu sprechen und die verlangten Beweise beizubringen.

Im Blick auf Länder mit christlicher Bevölkerungsmehrheit wie z.B. Uganda, Ghana, in denen homosexuellen Menschen Gefängnisstrafen drohen, ist eine klare Ansage unserer Kirchen gegen die auch biblisch und religiös „begründeten" Diskriminierungen und eine Erklärung der Solidarität mit homosexuellen Menschen lebensnotwendig. Und auch die Menschen, die sich in diesen Ländern trotz drohender Gefahr für die Rechte der LGBT-Menschen einsetzen, brauchen unsere Unterstützung.

Auf europäischer Ebene gibt es ein ökumenisches Netzwerk, dem über 40 christliche LGBT-Gruppen aus 20 Ländern angehören und die sich jeweils auf der Jahreskonferenz treffen, dem „European Forum of LGBT Christian Groups" (www.lgbtchristians.eu). In den vergangenen Jahren gab es ein Mentoring-Programm, das jeweils eine Aktivistin aus West und Ost für über zwei Jahre zu einem Tandem verband, damit sie sich regelmäßig persönlich und per Skype austauschten.

Über Europa hinaus geht die „Global Coalition of LGBT Christian Groups", die sich 2013 formiert hat. Hier arbeiten christliche Netzwerke über fünf Kontinente zusammen, jetzt unter dem Namen „Rainbow Pilgrims of Faith" (www.rainbowpilgrims.faith). Sie kooperieren mit dem Ökumenischen Rat der Kirchen (ÖRK) und waren auch im Rahmen der 11. Welt-Vollversammlung der rund 350 Kirchen weltweit (World Council of Churches WCC – allerdings ohne katholische Kirche) in Karlsruhe im September 2022 mit eigenem Projekt dabei.

In allen Weltreligionen organisieren sich mittlerweile LGBT-Gruppen. Sie sind auch religionsübergreifend vernetzt im „Global Interfaith Network (GIN) for People of all Sexes, Sexual Orientations, Gender Identities and Expressions" (www.gin-ssogie.org). Homosexualität ist ein wichtiges Thema im Dialog mit anderen Religionen. Und auch da gilt es, diejenigen zu stärken, die keinen Widerspruch sehen zwischen ihrem Glauben und der Akzeptanz von gleichgeschlechtlich Liebenden.

Es geht um Menschenwürde und Menschenrecht, ja, um Lebensrecht.

Es geht darum: Angesehen zu werden von Gott –

> *Gott lasse das Angesicht leuchten über dir* (4. Mose 6,25).
> Das ist Segen.

Und es geht darum: Gesehen zu werden von Menschen –

> *Seht den Menschen [...] Lernt den Menschen kennen, den Einzelnen, auch den Fremden* (Elisabeth Schmitz).[151]
> Das ist eine Erfahrung für manche und eine Vision für viele.

Ein „Nachwort"

Am Schluss soll die Erklärung einer evangelischen Landeskirche aus dem Jahr 2021 stehen, in der die Schuld an queeren Menschen bekannt und um Vergebung gebeten wird. Diese Bitte um Vergebung ist nach meiner Kenntnis bisher einzigartig und sie geschieht in einer Weise, die mich als „Betroffene" erreicht und so heilend wirken kann.

Schon zu Beginn klare Worte – die Rede ist von Ausgrenzung und Irrtümern. Die Kirchenleitung übernimmt die Verantwortung für Diskriminierungen von homosexuellen und allen queeren Menschen in den vergangenen Jahrzehnten und benennt die massiven Eingriffe in das persönliche Leben von Menschen, die in den kirchlichen Dienst eintreten wollten oder darin tätig waren. Im Folgenden geschieht eine ausdrückliche Würdigung der anders liebenden Menschen, ihres Durchhaltevermögens und ihres Engagements bis dahin, dass dadurch die Kirche Gelegenheit fand, zu lernen. Es ist eine Würdigung, die von großer Empathie getragen ist. Und es werden diejenigen vermisst, die es nicht mehr ertrugen in der evangelischen Kirche.

Die am Schluss ausgesprochenen Erkenntnisse zeigen, dass die Situation anders liebender Menschen in der Kirche konkret wahrgenommen wird.

Die Bitte um Vergebung, die schließlich an all die diskriminierten Menschen und an Gott gerichtet wird, wirkt aufgrund der Klarheit und Empathie der vorangegangenen Erklärung sehr glaubwürdig.

Diese Erklärung setzt Maßstäbe und sie ist es wert, bekannter zu werden.

Bitte um Vergebung

Erklärung der Evangelischen Kirche Berlin-Brandenburg-schlesische Oberlausitz zur Schuld an queeren Menschen anlässlich des Gottesdienstes am Vorabend des Christopher Street Days am 23. Juli 2021.[152]

Als Kirchenleitung der Evangelischen Kirche Berlin-Brandenburg-schlesische Oberlausitz bitten wir vor Gott und den Menschen um Vergebung dafür, dass in unserer Kirche Menschen, die als homosexuell bezeichnet wurden, ausgegrenzt und diskriminiert worden sind. Wir benennen mit dieser Erklärung öffentlich, dass Entscheidungen Irrtümer waren und Verletzungen und Verwundungen bewirkten.

Entscheidungen von Gremien und einzelnen Verantwortlichen in unserer Kirche sind im Jahr 2020 unter dem Leitwort der „Homosexualität" erstmals dokumentiert worden. Dabei ist uns bewusst, dass der in der Vergangenheit gewählte Begriff der „Homosexualität" auf dem Kenntnisstand heutiger Forschung einen verengenden Sprachgebrauch darstellt. Der Begriff der Homosexualität hat in der Vergangenheit Eingang in Unterlagen, Stellungnahmen, Briefe und Akten gefunden. Doch das Gesagte betrifft lesbische, schwule, bi*, trans* und inter* Personen. Wir denken an alle Menschen, die queer sind und leben; wir nutzen in diesem Sinne hier die Rede von queeren Menschen, LSBTIQ.

Die mit der Studie längst nicht abgeschlossene historische Erforschung zeigt ein zwar noch lückenhaftes, gleichwohl deutliches Bild: Obwohl es auch ein Ringen um theologische Klarheit und um die Aufhebung von Ungleichbehandlung gab, haben in den Kirchenleitungen der vergangenen Jahrzehnte Verantwortliche Diskriminierung an queeren Menschen geschehen lassen, vor allem aber ausgeübt. Queere Menschen wurden mit Befragungen konfrontiert, erlitten Kündigungen und die Entfernung aus dem Dienst. Gemeindeglieder, die in gleichgeschlechtlichen Liebesbeziehungen lebten, mussten schmerzlich erfahren, dass ihnen Respekt und Anerkennung verweigert wurden.

Kirchenleitende Haltungen gegenüber queeren Menschen waren häufig geprägt von der Forderung nach einem „zölibatären" Leben, eines „asketischen Umgangs", „Enthaltsamkeit", „Dezenz" oder „Schweigegeboten". Diese stellte und stellt in ihren Folgen einen massiven Eingriff in das persönliche Leben von Menschen dar, die in den kirchlichen Dienst eintreten wollten oder darin tätig waren. Bis vor einem Jahrzehnt war Ordinierten, die in gleichgeschlechtlichen Partnerschaften lebten und leben, das gemeinsame Wohnen im Pfarrhaus untersagt. Wir sind erschüttert über das damit verbundene Maß an Tabuisierungen und Zumutungen. Mit tiefem Respekt erkennen wir, welches Durchhaltevermögen dazu gehörte, als geoutete Pfarrperson in dieser Kirche zu arbeiten, nicht selten dazu gedrängt, gegenüber kirchenleitenden Personen sich wiederholt zu ihrer Lebensweise zu erklären. So haben queere Menschen in der evangelischen Kirche Diskriminierung erlebt. Sie wurden stigmatisiert und ausgeschlossen. Dies wurde durch eine Theologie befördert, die queeren Menschen eine Gottebenbildlichkeit absprach oder diese in Frage stellte. Wir müssen davon ausgehen, dass wesentlich mehr Menschen von diesem kirchlichen Handeln betroffen sind, als sich nach heutigem Wissensstand dokumentiert findet. Denn die damit im Zusammenhang stehenden biographischen Brüche wurden oft nicht festgehalten. Insbesondere zu lesbischen Lebensrealitäten ergibt sich noch kein klares Bild; hier ist weitere Aufarbeitung und Forschung dringend erforderlich. In Übernahme der Verantwortung für das kirchliche Handeln in der Vergangenheit bekennen wir, dass wir einen für queer lebende Menschen jahrzehntelangen schmerzhaften Weg verantworten. Wir haben lange gebraucht zu erkennen, dass Menschen durch kirchenleitendes Urteilen und Handeln zu Unrecht Leid zugefügt wurde. Wir sind beschämt angesichts unserer kirchlichen Geschichte des Demütigens. Wir tragen als geschwisterliche Gemeinschaft Verantwortung für das Gestern und wissen doch, dass Unrecht nicht Vergangenheit ist.

Trotz dieser Erfahrungen, trotz Ausgrenzung, trotz mangelnder Akzeptanz und Anerkennung blieben Menschen, die gleichgeschlechtlich liebten und lieben, ihren Gemeinden, ihrer Kirche treu und verbunden.

Diese Verbundenheit im Schmerz erfüllt uns mit großem Respekt. Als Kirchenleitung sind wir heute dankbar für dieses außergewöhnliche Zeugnis der Courage und Beharrlichkeit sowie des Glaubens. Daraus ist ein hoch wirkungsvolles, praktisches Engagement in queeren Initiativen, Netzwerken und Konventen auf allen Ebenen dieser Kirche in Ost und West gewachsen, das wir heute würdigen und für die wir dankbar sind. Denn solches Engagement hat dazu geführt, dass diese Kirche Gelegenheit fand, zu lernen und neue Wege zu gehen. Der jahrelange engagierte und mutige Kampf ermöglicht unsere heutige Haltung, gegenwärtiges Entscheiden und Leiten. Umso mehr vermissen wir als Kirchenleitung jede einzelne Person, die es nicht mehr ertrug, in ihrer evangelischen Kirche beheimatet zu sein.

Unsere gesellschaftliche Gegenwart ist belastet mit Vorbehalten und Vorurteilen, mit historischer und auch noch immer aktueller Diskriminierung. Die kirchliche Praxis und Haltung hat in der Vergangenheit solcher gesellschaftsweiten Diskriminierung nicht widerstanden, sie hat sie zu Teilen mitgeprägt und darum auch zu verantworten. Wir erkennen, dass Kirchenleitende mit ihrem Zeugnis nicht die Kirche waren, die sie hätten sein sollen.

Wir rufen dazu auf, die noch nicht erzählten Erfahrungen und Lebensgeschichten zu Gehör zu bringen und im Gedächtnis zu halten. Wir erklären nachdrücklich und laut: Wir stehen als Kirchenleitung gemeinsam für eine Kirche der Vielfalt. Wir glauben, dass sie Gottes Wille entspringt. Alle Menschen sollen an unserer Kirche teilhaben und teilnehmen können.

Wir sind durch Gott zur Umkehr aus einer unheilvollen Geschichte von Vorverurteilungen und Verletzungen an queeren Menschen gerufen.

Wir erkennen, dass Kirchenleitende durch Beschlüsse und Entscheidungen Menschen wegen ihrer Partnerschaften und ihrer Weise zu lieben gedemütigt, ausgegrenzt und ihnen Teilhabe am Leben der Kirche verwehrt haben.

Wir erkennen, dass Menschen um ihre Chance gebracht wurden, sich beruflich oder ehrenamtlich in dieser Kirche einzubringen oder sich in ihr beruflich zu entwickeln und ihnen verwehrt wurde, ihrer Berufung durch Christus zu folgen.

Wir erkennen, dass Menschen auf eine gemeindliche oder kirchliche Anerkennung ihrer Arbeit und ihrer Person vergeblich warteten und vergeblich um Gleichstellung gekämpft haben. Deshalb bitten wir alle Menschen, die wegen ihrer Lebensweise in unserer Kirche benachteiligt und diskriminiert wurden, um Vergebung.

Wir bitten Gott um Vergebung, wo wir Gottes Willen nicht entsprochen und Gottes vielfältige Gaben nicht geachtet haben.

Wir bitten um Vergebung im Wissen darum, dass nur Gott allein vergeben kann, was wir als Gemeinschaft zu tragen und zu verantworten haben.

Für die Kirchenleitung
Der Bischof der Evangelischen Kirche
Berlin-Brandenburg-schlesische Oberlausitz
Dr. Christian Stäblein

Anhang

Anmerkungen

1 Evangelisches Gesangbuch (Ausgabe für Württemberg), Stuttgart 1996, Nr. 395.
2 Zit. nach: Barz, Monika / Leistner, Herta / Wild, Ute: Lesbische Frauen in der Kirche, 2. überarbeitete Aufl., Stuttgart 1993, 24.
3 Ebd., Einleitung, 16.
4 Ebd., 75.
5 Ebd., 193/194.
6 Vgl. Bürger, Peter: Das Lied der Liebe kennt viele Melodien – eine befreite Sicht der homosexuellen Liebe, Edition Publik-Forum, Oberursel 2. Aufl. 2001, 25ff.
7 Vgl. LSVD: https://www.lsvd.de/de/ct/934-Von-1933-bis-heute-Lesben-und-Schwule-in-Deutschland-und-der-DDR
Diese und alle folgenden Webseiten zuletzt abgerufen am 10.01.2023.
8 Bürger: a.a.O., 175.
9 Hensel-Mendelssohn, Fanny / von Eichendorff, Joseph: Schöne Fremde, in: Hensel-Mendelssohn, Fanny, Weltliche a-cappella-Chöre von 1846, Furore-Edition 513, Kassel 1988, 2ff.
10 Kaschnitz, Marie Luise: Auferstehung, in: dies.: Gedichte, Frankfurt am Main 2016, 15, © MLK-Erbengemeinschaft München.
11 Fried, Erich: Was es ist, aus: Es ist was es ist, Liebesgedichte Angstgedichte Zorngedichte © 1983, 1996, 2007 Verlag Klaus Wagenbach, Berlin.
12 Vgl. Körzendörfer, Marinka: Lesbenbewegung in der DDR, in: Barz, Monika / Bolle, Geertje-Froken: Göttlich lesbisch – Facetten lesbischer Existenz in der Kirche, Gütersloh 1997, 60ff.
13 Monika Barz in ihrem Vortrag anlässlich der Verleihung des Bundesverdienstkreuzes an Dr. Herta Leistner in Gelnhausen am 12.12.1996: „Der Ruhm ist die vergoldete Spitze des Eisbergs der Diskriminierung", nachzulesen in Barz/Bolle, a.a.O., 12ff.
14 Ebd., 5.
15 Text und Melodie von Anne Quigley 1973, deutsch Eugen Eckert 1986, in: Wo wir dich loben, wachsen neue Lieder – plus, München 2018, Nr. 116.
16 Streit um Segnung von „Homo-Ehen". Veröffentlicht, in: die Welt, 22.8.2001 https://www.welt.de/print-welt/article469423/Streit-um-Segnung-von-Homo-Ehen.html
17 Die HuK ist eine bundesweite ökumenische Arbeitsgruppe, die sich auf dem Evangelischen Kirchentag 1977 gebildet hat. Die LuK ist eine bundesweite ökumenische Arbeitsgemeinschaft, die sich aus den LuK-Gruppen infolge der Lesbentagung in der Evangelischen Akademie Bad Boll 1985 entwickelt hat und bundesweit seit 1996 organisiert ist.

18 Stellungnahme von 1995 abgedruckt in: Gesichtspunkte im Blick auf die Situation homosexueller kirchlicher Mitarbeiterinnen und Mitarbeiter, Stuttgart 2000, 10, auch abrufbar unter: www.bkh-wue.de/geschichte-wichige-daten-1-1

19 Kirchenamt der EKD (Hg.): Mit Spannungen leben. Eine Orientierungshilfe des Rates der Evangelischen Kirche in Deutschland zum Thema „Homosexualität und Kirche“, EKD Texte 57, Hannover 1996, 54, auch abrufbar unter: https://www.ekd.de/EKD-Texte-288.htm

20 Der Begriff „Homophilie“, der die Fixierung auf die Sexualität, wie sie beim Begriff „Homosexualität“ naheliegt, vermeiden will, hat sich nicht durchgesetzt. Von „gleichgeschlechtlicher Liebe“ zu reden, finde ich stimmig. Die Bezeichnungen „lesbisch“ und „schwul“ werden von vielen Homosexuellen gerne verwendet, nicht zuletzt, um sie aus der „Schmuddelecke“ bzw. der abwertenden Konnotation zu holen.

21 Gesichtspunkte im Blick auf die Situation homosexueller kirchlicher Mitarbeiterinnen und Mitarbeiter, Stuttgart 2000, 10, auch abrufbar unter: www.bkh-wue.de/geschichte-wichige-daten-1-1

22 Ebd., 10.

23 So hieß diese gemeinsame Initiative der Pfarrervertretung, des Konvents Evangelischer Theologinnen in Württemberg und der Vereinigung Württembergischer Vikarinnen und Vikare. Zu den Erstunterzeichnenden gehörten bekannte Namen bis hin zum Direktor des Pfarrseminars. Die Unterschriftenliste wurde dem Bischof in seinen letzten Amtstagen im April 2001 übergeben. Ihm folgte für vier Jahre der bereits erwähnte Bischof der pietistischen „Lebendigen Gemeinde“.

24 Epd-Meldung, abgedruckt im Evangelischen Gemeindeblatt für Württemberg vom 19.8.2001. Anlass war die Versetzung eines homosexuellen Pfarrers aus dem Schwarzwald, die von vielen mit seiner sexuellen Orientierung in Zusammenhang gebracht wurde, aber laut OKR andere Gründe hatte.

25 „Dienstrechtliche Rahmenbedingungen für kirchliche Mitarbeiterinnen und Mitarbeiter, insbesondere für Pfarrinnen und Pfarrer in der Evangelischen Kirche in Württemberg, betreffend Homosexualität und Dienstauftrag“ vom Sommer 1999, durch Landesbischof July im März 2011 vor der Landesynode in ihrer Geltung bestätigt, siehe dazu die Stellungnahme des LSK vom 25.10.2015, abrufbar unter:
https://www.bkh-wue.de/meldungen/25-10-2015-stellungnahme-des-lesbisch-schwulen-konvents-wuerttemberg-zu-den-dienstrechtlichen-rahmenbedingungen-betreffend-homosexualitaet-und-dienstauftrag

26 Kirchenamt der EKD (Hg.): Mit Spannungen leben, a.a.O., 43, Die Homosexuellen-Verbände kritisierten die „Schizophrenie“ des Papiers, die evangelikalen Dachverbände forderten die Rücknahme des Dokuments. Und in den Medien, nicht nur in den kirchlichen, wurde der Streit offensichtlich.

27 Das protestantische Pfarrhaus wird gerne gerühmt als Ort der Gastfreundschaft, als Zentrum für Bildung und Kultur, während die Schattenseite oft ausgeblendet wird: Wie viele Pfarrerskinder haben unter der Spannung zwischen Anspruch und Wirklichkeit im Pfarrhaus gelitten! Wie viele Pfarrhäuser waren nach 1918 auch ein Hort des nationalkonservativen Denkens und dann der

nationalsozialistisch gesinnten Deutschen Christen. Sicher: Es gab auch die „Bekennende Kirche" als Gegenbewegung, der sich viele Pfarrer angeschlossen haben, und die sogenannte „Pfarrhauskette", die Menschen jüdischer Herkunft Asyl gegeben hat.

28 Mit Spannungen leben, a.a.O., 41ff. Ebd. ist auch von der „Minderheitenmentalität" und der „Selbstthematisierungstendenz" homosexueller Menschen die Rede. (*Was für eine abwertende Begrifflichkeit!*)

29 Näheres zum BKH (Bündnis Kirche und Homosexualität) in Württemberg siehe: www.bkh-wue.de

30 Die Hoffnung war, dass sich wenigstens 100 (der seinerzeit ca. 1 300) Kirchengemeinden daran beteiligen würden. Diese sollten dann neben ReferentInnen- und Literaturtipps einen auch von mir mitverfassten Fragebogen zugeschickt bekommen, der sich ganz auf das Heft „Gesichtspunkte" bezog und sowohl als Gesprächshilfe als auch für die inhaltliche Rückmeldung an die Pfarrervertretung bis Juni 2005 dienen könnte.

31 Rundschreiben des OKR an die Evangelischen Pfarrämter, die gewählten Vorsitzenden der Kirchengemeinderäte zu „Schreiben der Pfarrervertretung" 12/2003 vom 19.11.2003.

32 Schneider, Nikolaus: Interview: Wir haben ein weites Herz, in: DIE ZEIT vom 19.9.2013.

33 Frettlöh, Magdalene L.: Segnen und gesegnet werden, Anm. 1, in: Referate des Studientags der 15. Landessynode zum Thema „Seelsorgerlich und kirchlich verantworteter Umgang mit der Verpartnerung gleichgeschlechtlicher Paare", 24.6.2017, Bad Boll, https://www.elkwue.de/wir/landessynode/studientag-2017

34 Zit. nach Hinck, Valeria: Streitfall Liebe, Biblische Plädoyers wider die Ausgrenzung homosexueller Menschen, 2. überarb. Aufl., Mering 2007, 9.

35 Bibelstellen werden an dieser und den folgenden Stellen zitiert nach der BasisBibel Altes und Neues Testament, Stuttgart 2021.

36 Isolde Karle kommentiert: „Der Akzent liegt nicht auf der Zweigeschlechtlichkeit des Menschen, sondern darauf, dass im Hinblick auf die Gottebenbildlichkeit nicht zwischen männlichen und weiblichen Menschen unterschieden werden kann und darf […] Es erscheint insofern völlig absurd, Menschen (Intersexuelle, Hermaphroditen und andere In-Betweens), die keine zweifelsfreie geschlechtliche Identität vorweisen können oder sich mit einer nicht-heterosexuellen Identität nicht fraglos dem Raster der Geschlechterdichotomie fügen, unter Bezugnahme auf diese Stelle als Abweichung von der Norm zu diskriminieren. Die Schöpfungserzählung aus Gen 1 hat in einer menschenleeren Welt ein Interesse an der sexuellen Fortpflanzung und setzt damit Heterosexualität selbstverständlich voraus.", in: Karle, Isolde: Liebe in der Moderne – Körperlichkeit, Sexualität und Ehe, Gütersloh 2014, 122.

37 Bedford-Strohm, Heinrich: Sieben Thesen zu Ehe und Familie, am 28.9.2013 veröffentlicht auf seiner Facebook-Seite, kurz nach der „Familien-Orientierungshilfe" der EKD.

38 Karle: a.a.O., 132.

39 Evangelische Frauenarbeit in Deutschland e.V. Diskussionspapier: Vor Gott Verantwortung tragen für das eigene Leben, Frankfurt 1996, zit. nach Barz/Bolle, a.a.O., 18.
40 Platte, Timo (Hg.): Nicht mehr schweigen: Der lange Weg queerer Christinnen und Christen zu einem authentischen Leben, Hohenwarsleben, 1. Aufl. 2018
41 Vgl. hierzu auch Anna E.: Lesbisch-theologische Alltagsgedanken, in: Barz/Bolle, a.a.O., 117ff.
42 Vgl. dazu Bürger: a.a.O., 62ff. und 166.
43 Kirchenamt der EKD (Hg.): Theologische, staatskirchenrechtliche und dienstrechtliche Aspekte zum kirchlichen Umgang mit den rechtlichen Folgen gleichgeschlechtlicher Lebenspartnerschaften nach dem Lebenspartnerschaftsgesetz, eine Orientierungshilfe, Hannover September 2002, abrufbar unter: https://www.ekd.de/Texte-Materialien-EKD-12922.htm
44 Die Bundesländer Bayern, Sachsen und Thüringen hatten sich an das Bundesverfassungsgericht gewandt. Das BVG-Urteil vom 17. Juli 2002 sieht den Schutz der Ehe nach dem Grundgesetz nicht gefährdet durch die Einführung der eingetragenen Partnerschaft siehe:
https://www.bundesverfassungsgericht.de>2002/07
45 Bürger: a.a.O., 172f.
46 Vgl. dazu Tomke, Ande: Lesbische Existenz im Konfirmandenunterricht, in: Barz/Bolle, a.a.O., 130ff.
47 Fried, Erich: Nur nicht, aus: Es ist was es ist, Liebesgedichte Angstgedichte Zorngedichte © 1983, 1996, 2007 Verlag Klaus Wagenbach, Berlin (Auszug)
48 Mit Spannungen leben, a.a.O., 34.
49 Das „begrenzt offene Verfahren“ war seinerzeit die Linie im Personalreferat auf dem Oberkirchenrat in Stuttgart bei Stellenbewerbungen von homosexuellen Pfarrerinnen und Pfarrern. Es bedeutete, dass i.d.R. das zuständige Dekanatamt vorsondiert und das Besetzungsgremium teilweise oder ganz von der Lebensform erfährt, aber vertraulich, ohne dass „es“ öffentlich ausgesprochen wird.
50 Arnold, Gabriele, in: Meister, Gabriele: Sexualität und Kirche ... Gottesdienst- und Andachtspraxis zu Homo-, Bi-, Trans*- und Inter*sexualität, Göttingen 2019, 92.
51 Heimatkundliche Blätter Zollernalb vom 31.3.2021, eine Beilage zum Zollernalbkurier Albstadt.
52 Wowereit, Klaus: https://www.dw.com/de/wowereit-ich-bin-schwul-und-das-ist-auch-gut-so/a-57815167
53 Will, Anne: https://www.sueddeutsche.de/leben/anne-will-ja-wir-sind-ein-paar-1.335617
54 Kroymann, Maren, in: Schwäbisches Tagblatt Tübingen vom 29.1.2021.
55 Manifest der KünstlerInnen #actout im Magazin der Süddeutschen Zeitung vom 4.2.2021.
56 DIE ZEIT vom 11.2.2021.
57 „Familie haben alle“ lautet auch der Titel einer 2006 im Wichern-Verlag erschienenen Broschüre von Wolfgang Huber.

58 Studie des Bundesjustizministeriums 2009: Die Lebenssituation von Kindern in gleichgeschlechtlichen Lebenspartnerschaften, abrufbar unter: www.bmjv.de/SharedDocs/Archiv/Downloads
59 Karle, a.a.O., 136 und Fußnote 43 mit Verweis auf die Autoren Hartmut Kreß und Bernd Eggen.
60 Publik-Forum: Fast 47 000 gleichgeschlechtliche Ehen, 1/2021 vom 15.1.2021.
61 Publik-Forum: Regenbogen überm Pfarrhaus, 14/2017 vom 3.8.2017.
62 King, Martin Luther: https://www.sonntagsblatt.de/artikel/menschen/martin-luther-und-martin-luther-king-beruehmte-zitate
63 Offener Brief vom 13.1.2011 zu §39,1 Pfarrdienstgesetz der EKD, https://www.evangelisch.de/inhalte/103197/13-01-2011/der-offene-brief-der-altbischoefe-gegen-homosexuelle-pfarrerspaare
64 Siehe epd-Wochenspiegel, Ausgabe West 3/2011, 9, und die Antwort von acht TheologieprofessorInnen: Was heißt hier widernatürlich?, in: DIE ZEIT Nr. 4/2011 vom 21.1.2011, https://www.zeit.de/2011/04/Bischoefe-Partnerwahl?
65 Laut einer Meldung des epd-Südwest vom 5.2.2011. Als ein Dreivierteljahr später das Evangelische Gemeindeblatt für Württemberg eine Online-Umfrage machte, ob homosexuelle Paare im Pfarrhaus zusammenleben sollen, wurde nicht nur abgestimmt – es gab wieder ziemlichen Aufruhr, der sich auch in entsprechenden Leserbriefen niederschlug.
66 Hinck: a.a.O., 15.
67 Schon ein halbes Jahr vorher war der LSK wegen des Studientags auf den Landesbischof zugegangen, aber die Synodalpräsidentin von der Lebendigen Gemeinde sprach keine Einladung an uns aus. Stattdessen versuchte nun der LSK, sich irgendwie noch Gehör zu verschaffen, mit der Versendung von Texten an alle SynodalInnen im Vorfeld und mit der dringenden Bitte, wenigstens nach dem Studientag mit uns ins Gespräch zu kommen, z.B. an einem Abend im Rahmen der baldigen Novembersynode. Aber es gab keine Reaktion. Sollten wir dann vielleicht vor dem Tagungsort der Synode in Stuttgart eine Aktion mit Masken und Plakaten machen? Nein, stattdessen einigte sich der LSK in einem mühsamen Hin und Her auf eine erste Presseerklärung, die aber leider mehr oder weniger unterging.
68 „Zusammenleben untersagt – Schlussstrich unter Debatte über homosexuelle Pfarrer" war die Überschrift im Zollernalbkurier Albstadt vom 24.11.2011. Am 25.11.2011 reagierte der LSK auf die Synodalentscheidung vom 23.11. mit einer weiteren Presseerklärung, auf die sich auch das Evangelische Gemeindeblatt für Württemberg, Ausgabe 50/2011 bezieht unter der Überschrift: „Wir wollen keine Ausnahme sein".
69 Klapheck, Elisa: Wie ich Rabbinerin wurde, Freiburg 2012, 192.
70 Die Kirche. Evangelische Wochenzeitung für Berlin-Brandenburg und die schlesische Oberlausitz, Nr. 9, 7.3.2021.
71 Kentler, Helmut, zit. nach Bürger, a.a.O., 75, Anm. 13.
72 LSVD: https://www.lsvd.de>Was ist Homosexualitaet?
73 Karle: a.a.O., 132.
74 Bürger: a.a.O., 76.
75 Ebd., 76.
76 LSVD: https://www.lsvd.de>Was ist Homosexualitaet?

77 Bürger: a.a.O., 77 und Kirchenamt der EKD (Hg.): Mit Spannungen leben, a.a.O., 7.

78 Deininger, Bernd: Mich stimmt der Glaube heiter und gelassen, in: DIE ZEIT Nr. 14 vom 31.3.2021.

79 Schneider, Nikolaus: Interview: Wir haben ein weites Herz, a.a.O.

80 Platte, Timo: a.a.O., 221ff.

81 Seit dieser Synodalwahl am 1. Advent 2013 stellte die OK nun immerhin ein Drittel in der Synode. Die pietistische „Lebendige Gemeinde“ LG bekam die Hälfte der Sitze, obwohl deutlich weniger als die Hälfte der abgegebenen Stimmen auf sie entfallen war – ein Ergebnis des Wahlsystems. Denn diese Direktwahl der Synode wird ausschließlich als Personenwahl durchgeführt, sodass die Stimmen für die Nichtgewählten und ihre Gruppierung sämtlich unter den Tisch fallen. Ich halte diese Direktwahl, auf die ja viele in Württemberg stolz sind, auch noch aus einem anderen Grund für problematisch und nicht für einen besonderen Ausweis von Demokratie: Da die Wahlbeteiligung nur bei rund 20 Prozent liegt und auch davon ausgegangen werden kann, dass die pietistischen Kreise ihre Anhänger mehr zum Wählen mobilisieren, ist das Ergebnis m.E. weniger repräsentativ, als wenn von der Basis aus über die Kirchengemeinderäte die SynodalInnen gewählt werden würden – so wie es in den anderen Landeskirchen auch praktiziert wird. So wird in Württemberg gerne von der pietistischen Mehrheit geredet, aber in Bezug auf die evangelischen Kirchenmitglieder in Württemberg insgesamt dürfte das eine Fehleinschätzung sein.

82 Kirchenamt der EKD (Hg.): Zwischen Autonomie und Angewiesenheit – Familie als verlässliche Gemeinschaft stärken, Eine Orientierungshilfe des Rates der EKD, Gütersloh 2013, 13. Es sollte eine „evangelische Verständigung über Ehe, Familie und Partnerschaft im beginnenden 21. Jahrhundert“ anregen. Auch wenn die soziologischen und familienrechtlichen Erwägungen einen breiten Raum einnahmen, bildete die Theologische Orientierung die Mitte des Textes (54–71). Und die Vielfalt an familialen Lebensformen wird auch biblisch begründet: „Ein normatives Verständnis der bürgerlichen Ehe als ‚göttliche Stiftung‘ und eine Herleitung der traditionellen Geschlechterrollen aus der Schöpfungsordnung entsprechen nicht der Breite des biblischen Zeugnisses. Wohl aber kommt bereits in der Schöpfungsgeschichte zum Ausdruck, dass Menschen auf ein Gegenüber angewiesen sind, an dem sich die eigene Identität entwickelt.“, a.a.O., 13.

83 Schneider, Nikolaus: Interview: Wir haben ein weites Herz, a.a.O. Nach der Kontroverse um das EKD-Familienpapier wurde ein Entwurf zur evangelischen Sexualethik, den eine Kommission von TheologInnen und SozialwissenschaftlerInnen im Auftrag des Rates der EKD seit 2010 vorbereitet hatte, Anfang 2014 gestoppt und seine Behandlung auf die nächste EKD-Ratsperiode verschoben. Einige der Kommissionsmitglieder, darunter auch der evangelische Ethiker Peter Dabrock, gehören zu den Autoren des daraufhin erschienenen Buches: Unverschämt – Schön. Sexualethik evangelisch und lebensnah (Gütersloh 2015). Darin vertreten sie die Position, dass Fragen der Sexualität nicht zur „Heilsfrage“ überhöht werden sollten.

84 Epd-Meldung vom 4.7.2013: https://www.evangelisch.de/inhalte/86013/04-07-2013/bischof-july-bekraeftigt-kritik-ekd-familienpapier
85 Papst Franziskus: „Homosexuelle sind Kinder Gottes“, zit. in: DIE ZEIT vom 28.10.2020.
86 Familienreport des Bundesfamilienministeriums 2020, nach Schwäbisches Tagblatt Tübingen vom 11.12.2020: Deutsche schätzen Wert der Familie hoch ein.
87 Leitprinzipien für den neuen Bildungsplan 2015: www.kultusportalbw/Bildungsplanreform/Arbeitspapier_Leitprinzipien.pdf
Zwei Sätze aus dem Arbeitspapier des Kultusministeriums waren es vor allem, die aufregten: „Schülerinnen und Schüler setzen sich mit der eigenen geschlechtlichen Identität und Orientierung auseinander mit dem Ziel, sich selbstbestimmt und reflektiert für ein ihrer Persönlichkeit und Lebensführung entsprechendes Berufsfeld zu entscheiden. [...] Schülerinnen und Schüler haben einen vorurteilsfreien Umgang mit der eigenen und anderen sexuellen Identitäten, entwickeln eine Sensibilität für Stereotype und können diese hinterfragen und sind fähig, sich in einer pluralen Gesellschaft zu verorten und begründete Werthaltungen zu entwickeln.“ Trotzdem meinte der für Bildung zuständige württembergische evangelische Oberkirchenrat: „Eine Überbewertung des Themas sexuelle Vielfalt in den Bildungsplänen lehnen wir ab.“, was die ZEIT vom 16.1.2014 ausdrücklich in ihrer Artikelüberschrift zitiert.
88 Süddeutsche Zeitung vom 10.1.2014, https://www.sueddeutsche.de/bildung/petition-gegen-homosexualitaet-im-unterricht-wider-die-toleranz-1.1859429
89 Erklärung der Bildungsreferenten der evangelischen und katholischen Kirchen von Baden und Württemberg, https://www.elk-wue.de/presse/pressemitteilungen#layer=/pressemitteilung/ 10012014-umstrittener-neuer-bildungsplan-kirchen-mit-land-im-gespraech
Darin hieß es: „Jeder Form der Funktionalisierung, Instrumentalisierung und Ideologisierung und Indoktrination gilt es zu wehren. Dies gilt nicht zuletzt im sensiblen Bereich der sexuellen Identität und damit verbundener persönlicher und familiärer Lebensentwürfe.“ Diese Erklärung enthielt leider auch kein ausdrückliches Bedauern über die Diskriminierung von „anders“ Liebenden in der Schule, geschweige denn eine klare Würdigung der Bemühungen der Landesregierung für Toleranz und Aufklärung in Bezug auf sexuelle Vielfalt an den Schulen. Es wurde in dieser öffentlichen Stellungnahme so formuliert, dass Verschiedenes herausgelesen werden konnte. War das gewollt?
90 Kretschmann, Winfried: Interview: Der Staat macht keinen schwul in: DIE ZEIT vom 27.2.2014.
91 Vgl. Karle: a.a.O., 133.
92 Lüdke, Kaus-Peter: Jesus liebt Trans* – Transidentität in Familie und Kirchengemeinde, Göppingen, 2. Aufl. 2018, 30.
93 https://www.bkh-wue.de/meldungen/30-01-2014-lucie-panzer-zu-lebensformen-im-swr1
94 Der progressiv-liberale Gesprächskreis „Offene Kirche“ scheiterte mit seinem Antrag, bei der Sommertagung der Synode 2015 die „Homo-Ehe“ in der Aktuellen Stunde zu diskutieren. Ein sechsseitiger Beitrag zum Thema erschien im Evangelischen Gemeindeblatt für Württemberg Nr. 37/2015 vom 13.9.2015.

95 Rauch, Udo: Heinrich Seeger – Unzucht getrieben mit verdorbenen Subjekten der Großstadt, in: Blattner, Evamarie / Ratzeburg, Wiebke / Rauch, Udo: Queer durch Tübingen – Geschichten vom Leben, Lieben und Kämpfen, Ausstellungskatalog zur gleichnamigen Ausstellung, Tübingen 2021, 98ff.
96 Ebd., 105.
97 Herbsttagung der 15. Landessynode der Evangelischen Landeskirche Württemberg 2017, 4. Sitzungstag, Top 35, https://www.elk-wue.de/wir/landessynode/archiv-2013-2019
98 Sommertagung der 15. Landessynode der Evangelischen Landeskirche Württemberg 2019, 5. Juli, Andacht, https://www.elk-wue.de/wir/landessynode/archiv-2013-2019
99 Dopffel, Helmut, zit. in: Zollernalbkurier vom 11.6.2015.
100 Schwäbisches Tagblatt Tübingen vom 17.4.2021.
101 Stuttgarter Zeitung vom 10.8.2016.
102 Bubmann, Peter, in: zeitzeichen 11/2018. Dass laut EKD-Kirchen-Mitgliedschaft-Untersuchung (KMU V 2012) über 31 Prozent der Befragten die Bibel wortwörtlich nehmen, hält Bubmann für unevangelisch biblizistisch und daher alarmierend.
103 Epd-Meldung „Positionierung im Streit um Homosexualität" im Evangelischen Gemeindeblatt für Württemberg 9/2016 vom 28.2.2016.
104 Domin, Hilde: Es gibt dich, in: dies.: Gesammelte Gedichte © 1987, S. Fischer Verlag GmbH, Frankfurt am Main, 208.
105 Wenn nicht anders vermerkt, orientiere ich mich im Folgenden an Gabriele Meister, a.a.O., 165ff. Anmerkung zu anderen Buchstaben-Kombinationen: Verwendet werden auch G-Gay anstatt S-Schwul, mit nur einem T-Transgender oder ohne Q-Queer, aber auch zusätzlich mit A-Asexuell, womit Menschen, die keinerlei Anziehung zu anderen Menschen erleben, mit eingeschlossen werden. Oft inzwischen auch mit Sternchen*, das alle weiteren Menschen mit einschließen soll, „die nicht der Annahme entsprechen, dass es nur zwei Geschlechter gibt (nämlich Mann und Frau) und dass nur zwischen diesen beiden Geschlechtern Liebe möglich ist und sein darf" (Meister, a.a.O., 168). Anmerkung zum „Gendern": Gendern meint den Gebrauch geschlechtergerechter Formulierungen. Der immer öfter verwendete und umstrittene Genderstern* beim Schreiben und das Innehalten beim Sprechen, auch „Knacklaut" genannt, sollen die Vielfalt geschlechtlicher Identitäten sprachlich sichtbar/hörbar machen. Das von der Queer-Bewegung 2003 vorgeschlagene * trifft auch auf Kritik eines Teils der feministischen Bewegung, die das große Binnen-I weiterhin favorisiert und die (Macht-)Unterschiede zwischen Frauen und Männern nicht trivialisieren will, so die Linguistin Luise F. Pusch in: DIE ZEIT vom 11.2.2021.
106 Gabriele Meister erinnert daran, „dass sich nicht alle Inter*- und Trans*menschen als Teil einer sexualitätsbasierten lesbisch-schwul-bisexuellen Emanzipationsbewegung verstehen; umgekehrt empfinden manche LSB-Menschen ihre Situation als grundlegend verschieden von der Situation von Trans*- und Inter*menschen", a.a.O., 168.

107 Zu Homosexualität: Die Zahl derer, die keine – oder nicht nur – heterosexuellen Beziehungen haben, ist schwierig zu ermitteln, die Schätzungen gehen oft und je nach Einstellung stark auseinander. Das Dalia Research Institut machte 2016 eine Online-Umfrage „So queer ist Deutschland wirklich", der zufolge sich in Deutschland 7,4 Prozent der Befragten dem LSGB-Spektrum zugehörig fühlen und knapp 11 Prozent sich als heterosexuell einordnen, aber nicht nur heterosexuelle Kontakte haben. https://www.lsvd.de>Was ist Homosexualitaet?

108 Zu Transmenschen: Lüdke, a.a.O.

109 Bergmann, Christina: Und meine Seele lächelt. Transsexualität und Spiritualität – Mein Weg zu einem authentischen Selbst, Schalksmühle 2011

110 Interview in: DIE ZEIT Nr. 6/2021.

111 Zu Intersexualität: BVG-Urteil vom 10.10.2017, https://www.bundesverfassungsgericht.de>2017/10
In den zwei Jahren bis Frühjahr 2021 haben sich knapp 300 Personen auf das dritte Geschlecht umschreiben lassen, das entspricht 0,00043 Prozent der volljährigen Bevölkerung; 2019 haben Eltern bei 11 von bundesweit 780 000 Geburten die dritte Option gewählt, DIE ZEIT Nr. 16 vom 15.4.2021.

112 Flyer der Initiative Regenbogen, auch abrufbar unter: www.bkh-wue.de/initiative-regenbogen

113 Karle, a.a.O., 135; ausführlich dazu: Roser, Traugott: Trauer, Stress und die Sehnsucht nach Segen. Erfahrungen eines schwulen Witwers, in: Praktische Theologie 43, 2008, 262–267.

114 Evangelisches Gemeindeblatt für Württemberg 28/2017 vom 9.7.2017.

115 Rundschreiben des OKR an die Pfarrämter zum „Gesetz zur Einführung des Rechts auf Eheschließung für Personen gleichen Geschlechts" vom 13.7.2017, https://www.service.elk-wue.de/recht/okr-rundschreiben

116 So hatte nur wenige Tage vor der Reutlinger Synodaltagung, am 24. Juni, der Klausur- bzw. Studientag der SynodalInnen zum Thema stattgefunden. Auch die Chefredakteurin des Evangelischen Gemeindeblatts für Württemberg, das sich in der aktuellen Ausgabe 27/2017 vom 2.7.2017 ausführlich dem Thema „Segnen unterm Regenbogen?" widmete, äußerte sich in ihrem Kommentar kritisch über die „Geheimhaltung" (bzw. „Vertraulichkeit") bei diesem Thema und beim Studientag und warb für kompromisslose Transparenz.

117 Publik-Forum: Fast 47 000 gleichgeschlechtliche Ehen, 1/2021 vom 15.1.2021.

118 Domin, Hilde: Windgeschenke, in: dies.: Gesammelte Gedichte © 1987, S. Fischer Verlag GmbH, Frankfurt am Main, 99.

119 Referate des Studientags der 15. Landessynode zum Thema „Seelsorgerlich und kirchlich verantworteter Umgang mit der Verpartnerung gleichgeschlechtlicher Paare", 24.6.2017, Bad Boll, abrufbar unter: https://www.elk-wue.de/wir/landessynode/studientag-2017

120 „Prälatin im Kreuzfeuer der Kritik", in: Württembergisches Gemeindeblatt vom 2.7.2017.

121 Interview mit Gabriele Arnold, in: Meister, Gabriele: Sexualität und Kirche, 2019, 95.

122 Herbsttagung der 15. Landessynode 2017, 2. und 3. Sitzungstag, Top 9/10, https://www.elk-wue.de/wir/landessynode/archiv-2013-2019. Auch wenn die Mitglieder der LG frei in der Entscheidung waren, machte doch der damalige Vorsitzende der LG deutlich, dass die LG den Antrag nicht unterstützen kann. Dabei war es schon ein „Kompromissvorschlag" gewesen, der für uns und auch für die OK kaum mehr akzeptabel war, und in den die Bedenken der LG permanent eingearbeitet worden waren. Kritische Stimmen zu diesem Scheitern kamen auch aus den Gruppierungen „Evangelium und Kirche" und „Kirche für morgen".

123 Bericht und Kommentar von Petra Ziegler im Evangelischen Gemeindeblatt für Württemberg Nr. 50/2017 vom 10.12.2017.

124 Zum Verfahren gemäß Handreichung: Eine Gemeinde kann vom OKR angefragt werden bzw. darum bitten, vom OKR angefragt zu werden, ihre Gottesdienstordnung zu ändern. Dann muss sie dem OKR ein Protokoll vorlegen (*stellt das nicht eine Bevormundung der Gemeindeleitung dar?*), das dokumentiert: 1. eine „vertiefte Befassung" in der Gemeinde (*was für eine Sprache!*) und 2. einen Beschluss mit der ¾-Mehrheit des Kirchengemeinderats und einer ¾-Mehrheit der in der Gemeinde tätigen PfarrerInnen – bei drei Pfarrpersonen reicht also eine, um den Beschluss zu blockieren (*eine 75%-Quote ist selbst bei weitreichenden Beschlüssen ansonsten nicht vorgesehen*).
Außerdem ist in der Handreichung zu lesen: „Daher können diese Gottesdienste nur in denjenigen Kirchengemeinden stattfinden, in denen die Kirchengemeinde der Auffassung ist, dass ein solcher Gottesdienst in Übereinstimmung mit der Heiligen Schrift und den Bekenntnissen der Reformation steht" (6) (*Tatsächlich – kann das jede Gemeinde entscheiden?*) „[…] Deshalb hält die Ordnung vorweg fest, dass keine Gemeinde und keine Pfarrperson gegen ihr Gewissen gezwungen oder gedrängt werden darf, sich mit dieser Frage überhaupt auseinandersetzen zu müssen." (4) (*Was für eine Zumutung!*), https://www.elk-wue.de/leben/gemeinde/homosexualitaet

125 Kretschmer, Harald, in: Anstöße 3/2019, Das Magazin der Offenen Kirche – Evangelische Vereinigung in Württemberg. Anmerkung zur Synodalwahl 2019: Infolge derer wurde die Offene Kirche zum ersten Mal stärkste Gruppierung und stellt nun die Synodalpräsidentin, während die Lebendige Gemeinde nur noch auf ein Drittel der Sitze kam. Ob das auch mit dem Agieren beim Thema „Segnung" zu tun hatte?

126 Weyel, Birgit: Vortrag vom Mai 2019, abrufbar auf der Homepage des BKH, www.bkh-wue.de/texte-1

127 Evangelischer Oberkirchenrat (Hg.): Handreichung – Gottesdienste anlässlich der Eheschließung gleichgeschlechtlicher Paare …, Stuttgart 2019. https://www.elk-wue.de/leben/gemeinde/homosexualitaet

128 Professorium der Evangelisch-Theologischen Fakultät Tübingen: Offener Brief vom April 2020, https://www.bibelundbekenntnis.de/ wp-content/uploads/2020/04/Offener-Brief_-Professorium_Endfassung.pdf

129 Ebd.

130 Ebd.

131 Liste der württembergischen Gemeinden mit Segnungsgottesdiensten: https://www.elk-wue.de/leben/gemeinde/homosexualitaet#c28888

132 Die evangelische Trauung versteht sich anders als die katholische nicht als Sakrament. Nach reformatorischem Bekenntnis ist die Ehe ein „weltlich Ding", und die kirchliche Trauung eines heterosexuellen Paares bedeutet die Segnung dieser Beziehung anlässlich der Eheschließung vor dem Standesamt. Eine fundierte theologische Sicht auf Ehe und Trauung bietet Isolde Karle in einem Vortrag vom März 2019, abrufbar auf der Homepage des BKH unter: www.bkh-wue.de/texte-1
133 Schwäbisches Tagblatt Tübingen vom 23.5.2020.
134 Rauch, Udo: Als die Männer aneinander entbrannten in ihren Lüsten, in: Blattner/Ratzeburg/Rauch, a.a.O., Tübingen 2021, 54ff.
135 Das Zitat wird Paul Coelho zugeschrieben, siehe unter https://1000-zitate.de/autor/Paulo+Coelho
136 Arnold, Gabriele, in: Meister, a.a.O., 96.
137 Barz, Monika (Hg.: Evangelische Hochschule Ludwigsburg): Lesbisch, schwul, transsexuell ... Fallstudie über Erfolgsfaktoren bei der Berufseinmündung sozialer Fachkräfte in Kirche, Diakonie und Caritas, Broschüre 2020, 46. Sowohl der Gesamtbericht als auch der rund 50-seitige Auszug in der Broschüre sind abrufbar unter: https://www.frauen-efw.de/ fileadmin/Dokumente_Bilder_pdfs/Aktuelle_Meldungen/Fallstudie_V7.pdf
138 Wollrad, Eske: Nicht ohne unsere Schwestern – Gewalt und Ausgrenzung unter Lesben, in: Barz/Bolle, a.a.O., 74/75.
139 Barz: Fallstudie, a.a.O., 45.
140 Latzel, Thorsten und Latzel, Olaf, in: https://www.queer.de/ detail.php?article_id= 37889; Publik-Forum: Thorsten Latzel folgt auf Manfred Rekowski, 2/2021 vom 29.1.2022; https://www.evangelisch.de/blogs/kreuz-queer/181181/13-01-2021; Publik-Forum: Latzels Tiraden gegen Schwule bleiben straffrei, 10/2022 vom 27.5.2022.
141 Bilgri, Anselm, in: Schwäbisches Tagblatt Tübingen vom 3.4.2021.
142 Publik-Forum: Jetzt Farbe bekennen, 6/2021 vom 26.3.2021 und: Mehr Segen unterm Regenbogen, 7/2021 vom 9.4.2021; Schwäbisches Tagblatt Tübingen vom 25.3.2021 und 29.3.2021; dpa-Meldung: Segnungsverbot – Theologen protestieren vom 23.3.2021.
143 Lesben und Schwulen Verband Deutschland, LSVD: https://www. lsvd.de/de/ct/934-Von-1933-bis-heute-Lesben-und-Schwule-in-Deutschland-und-der-DDR
144 DIE ZEIT: Ich werde euch alle töten, Nr. 20 vom 12.5.2021; LSVD: https://www.lsvd.de>3826-Hass-auf-Schwule
145 Während um die Jahrtausendwende noch ein großer Teil der Polen Homosexualität ablehnte, schrumpfte dieser Anteil 2013 auf 26 Prozent, so DIE ZEIT vom 15.4.2021.
146 Publik-Forum: Doch, ich bleibe hier, 2/2021 vom 29.1.2021, 16.
147 LSVD: https://www.lsvd.de/de/ct/1245-LGBT-Rechte-weltweit
148 Publik-Forum: Weiter reden mit Kirill, in: 6/2022 vom 25.3.2022, 35.
149 LSVD: https://www.lsvd.de/de/ct/1245-LGBT-Rechte-weltweit siehe auch Berichte von Amnesty International zur Verfolgung Homosexueller.
150 LSVD: https://www.lsvd.de/de/recht/ratgeber/asylrecht

151 Elisabeth Schmitz in ihrer Hanauer Gedenkrede 1950, zit. nach Biermann-Rau, Sibylle: Elisabeth Schmitz – Wie sich die Protestantin für Juden einsetzte, als ihre Kirche schwieg, Hamburg 2017, 107f. Schmitz sieht als „Ursache der Verirrung" im „Dritten Reich", dass man den Menschen nicht mehr gesehen habe, am allerwenigsten „im Juden". Deshalb: „Sagt nicht immer die Franzosen, die Polen, die Juden, die Arbeiter, die Kapitalisten."

152 Evangelische Kirche Berlin-Brandenburg-schlesische Oberlausitz: Erklärung zur Schuld an queeren Menschen, Juli 2021, https://www.ekbo.de>themen>news-archiv

Literatur und kirchliche Texte

Barz, Monika / Leistner, Herta / Wild, Ute: Lesbische Frauen in der Kirche, 2. überarbeitete Aufl., Stuttgart 1993 (1. Aufl. u. d. Titel: Hättest du gedacht, dass wir so viele sind?, Stuttgart 1987)

Barz, Monika / Bolle, Geertje-Froken: Göttlich lesbisch – Facetten lesbischer Existenz in der Kirche, Gütersloh 1997

Barz, Monika (Hg.: Evangelische Hochschule Ludwigsburg): Lesbisch, schwul, transsexuell … Fallstudie über Erfolgsfaktoren bei der Berufseinmündung sozialer Fachkräfte in Kirche, Diakonie und Caritas, Broschüre 2020, Gesamtbericht und 50-seitiger Auszug s. unter https://www.frauen-efw.de/fileadmin/Dokumente_Bilder_pdfs/Aktuelle_Meldungen/Fallstudie_V7.pdf

BasisBibel, Altes und Neues Testament, Stuttgart 2021

Blattner, Evamarie / Ratzeburg, Wiebke / Rauch, Udo: Queer durch Tübingen – Geschichten vom Leben, Lieben und Kämpfen, Ausstellungskatalog zur gleichnamigen Ausstellung, Tübingen 2021

Bürger, Peter: Das Lied der Liebe kennt viele Melodien – eine befreite Sicht der homosexuellen Liebe, Publik-Forum, Oberursel 2. Aufl. 2001

Gammerl, Benno: anders fühlen – schwules und lesbisches Leben in der Bundesrepublik. Eine Emotionsgeschichte, München 2021

Hinck, Valeria: Streitfall Liebe, Biblische Plädoyers wider die Ausgrenzung homosexueller Menschen, 2. überarb. Aufl., Mering 2007

Karle, Isolde: Liebe in der Moderne – Körperlichkeit, Sexualität und Ehe, Gütersloh 2014

Klapheck, Elisa: Wie ich Rabbinerin wurde, Freiburg 2012

Lüdke, Klaus-Peter: Jesus liebt Trans* – Transidentität in Familie und Kirchgemeinde, Göppingen, 2. Aufl. 2018

Meister, Gabriele: Sexualität und Kirche … Gottesdienst- und Andachtspraxis zu Homo-, Bi-, Trans*- und Inter*sexualität, Göttingen 2019

Platte, Timo (Hg.): Nicht mehr schweigen – der lange Weg queerer Christinnen und Christen zu einem authentischen Leben, Hohenwarsleben, 1. Aufl. 2018

Evangelische Kirche Berlin-Brandenburg-schlesische Oberlausitz: Erklärung zur Schuld an queeren Menschen, Juli 2021, https://www.ekbo.de>themen>news-archiv

Evangelischer Oberkirchenrat (Hg.): Gesichtspunkte im Blick auf die Situation homosexueller kirchlicher Mitarbeiterinnen und Mitarbeiter, Stuttgart 2000, auch abrufbar unter: www.bkh-wue.de/geschichte-wichtige-daten-1-1

Evangelischer Oberkirchenrat (Hg.): Handreichung – Gottesdienste anlässlich der Eheschließung gleichgeschlechtlicher Paare …, Stuttgart 2019, auch abrufbar unter: www.elk-wue.de/leben/gemeinde/homosexualitaet

Kirchenamt der EKD (Hg.): Mit Spannungen leben. Eine Orientierungshilfe des Rates der Evangelischen Kirche in Deutschland zum Thema „Homosexualität und Kirche", EKD Texte 57, Hannover 1996, auch abrufbar unter: https://www.ekd.de/EKD-Texte-288.htm

Kirchenamt der EKD (Hg.): Theologische, staatskirchenrechtliche und dienstrechtliche Aspekte zum kirchlichen Umgang mit den rechtlichen Folgen gleichgeschlechtlicher Lebenspartnerschaften nach dem Lebenspartnerschaftsgesetz, eine Orientierungshilfe, Hannover September 2002, https://www.ekd.de/Texte-Materialien-EKD-12922.htm

Kirchenamt der EKD (Hg.): Zwischen Autonomie und Angewiesenheit – Familie als verlässliche Gemeinschaft stärken, Eine Orientierungshilfe des Rates der Evangelischen Kirche in Deutschland, Gütersloh 2013

Professorium der Evangelisch-Theologischen Fakultät Tübingen: Offener Brief vom April 2020, abrufbar unter: https://www.bibelundbekenntnis.de/wp-content/uploads/2020/04/Offener-Brief_-Professorium_Endfassung.pdf

Referate des Studientags der 15. Landessynode zum Thema „Seelsorgerlich und kirchlich verantworteter Umgang mit der Verpartnerung gleichgeschlechtlicher Paare", 24.6.2017, Bad Boll, abrufbar unter: https://www.elk-wue.de/wir/landessynode/studientag-2017

Zitierte Gedichte und Lieder

Domin, Hilde: Es gibt dich, in: dies., Gesammelte Gedichte © 1987, S. Fischer Verlag GmbH, Frankfurt am Main

Domin, Hilde: Windgeschenke, in: dies., Gesammelte Gedichte © 1987, S. Fischer Verlag GmbH, Frankfurt am Main

Fried, Erich: Was es ist, aus: Es ist was es ist Liebesgedichte Angstgedichte Zorngedichte © 1983, 1996, 2007 Verlag Klaus Wagenbach, Berlin

Fried, Erich: Nur nicht, aus: Es ist was es ist Liebesgedichte Angstgedichte Zorngedichte © 1983, 1996, 2007 Verlag Klaus Wagenbach, Berlin

Hensel-Mendelssohn , Fanny / von Eichendorff, Joseph: Schöne Fremde, in: Hensel-Mendelssohn, Fanny: Weltliche a-cappella-Chöre von 1846, Furore-Edition Kassel 1988

Hertzsch, Klaus-Peter: Vertraut den neuen Wegen, in: Evangelisches Gesangbuch (Ausgabe für Württemberg), Stuttgart 1996, Nr. 395 © Martin Hertzsch

Kaschnitz, Marie Luise: Auferstehung, in: dies.: Gedichte, Frankfurt am Main 2016 © MLK-Erbengemeinschaft München

Webseiten

Bündnis Kirche und Homosexualität (BKH): https://www.bkh-wue.de
Homosexualität und Kirche (HuK): https://www.huk.org
Initiative BuntfürsLeben: www.initiativebuntfuersleben.wordpress.com
Initiative Regenbogen: https://www.bkh-wue.de>initiative-regenbogen
Lesben und Kirche (LuK): https://www.lesben-und-kirche.de
Lesben und Schwulen Verband Deutschland (LSVD): https://www.lsvd.de
Liste der württembergischen Gemeinden mit Segnungsgottesdiensten und Dokumente: https://www.elk-wue.de/leben/gemeinde/homosexualitaet#c28888
Zwischenraum: www.zwischenraum.net

Abkürzungen

a+b: Für Arbeit und Besinnung – Zeitschrift für die evangelische Landeskirche in Württemberg (für PfarrerInnen und kirchliche MitarbeiterInnen)
BKH: Bündnis Kirche und Homosexualität (Solidaritätsbündnis von etwa 30 Einrichtungen, Gruppierungen und Einzelpersonen in der evangelischen Landeskirche in Württemberg)
EKD: Evangelische Kirche in Deutschland (Gemeinschaft von 20 selbständigen Kirchen, vertreten in der Synode der EKD, mit Rat der EKD und Ratsvorsitzender/m)
Epd: Evangelischer Pressedienst
HuK: Homosexuelle und Kirche (bundesweite ökumenische Arbeitsgruppe von Homosexuellen)
KGR: Kirchengemeinderat (Leitungsgremium der Kirchengemeinde zusammen mit PfarrerIn)
LG: Lebendige Gemeinde (kirchenpolitische Gruppierung in der evangelischen Landeskirche in Württemberg, pietistisch-konservativ ausgerichtet)
LGBT: Lesbian-Gay-Bisexual-Transgender (englische Abkürzung für Lesbisch-Schwul-Bisexuell-Transgender. Mittlerweile hat sich LGBT als Kurzform für alle Geschlechter, Geschlechtsidentitäten und sexuellen Orientierungen durchgesetzt, die von zweigeschlechtlichen und heterosexuellen Normen abweichen)
LSBTTIQ: Lesbisch-Schwul-Bisexuell-Transident-Transgender-Intersexuell-Queer (häufige Bezeichnung für Menschen, die nicht heteronormativ leben)
LSK: Lesbisch-schwuler Konvent (Interessenvertretung der homosexuellen PfarrerInnen/TheologInnen in der evangelischen Landeskirche in Württemberg)
LuK: Lesben und Kirche (bundesweite ökumenische Arbeitsgemeinschaft von Lesben)
OK: Offene Kirche (kirchenpolitische Gruppierung in der evangelischen Landeskirche in Württemberg, progressiv-liberal ausgerichtet)
OKR: Oberkirchenrat (Kirchenleitung der evangelischen Landeskirche)